中公文庫

京都感情案内（下）

新装版

西村京太郎

中央公論新社

目次

京都感情案内（下）

第九章　探り合い

　この季節、京都市内には、緑が、あふれる。京都御所も、緑一色。平安神宮の朱色も、緑に映《は》えて、美しい。

嵐山も、鴨川べりも、緑一色になってしまった。市内にある寺の境内も、桜が散って、これも、緑一色である。

十津川は、京都全体が、緑に覆《おお》われてしまったような感じで、何か、息苦しくなってきた。それを、十津川は、京都府警の、木下警部にいった。

　木下は、笑って、

「息苦しいですか？　私なんかは、京都の緑が、嬉《うれ》しくて、しょうがないですよ。私は、桜なんかよりも、むしろ、この緑一色が、嬉しいんです」

と、いった。

「東京の緑は、いいんですがね。京都の緑は、何となく、息苦しい。たぶん、もう誰も、事件のことを、いわなくなってしまったからだと思うんです。京都では、都をどりの時、人が一人死んでいますよね？ 葛西という弁護士さんも死んでいる。これも殺人です。そして、今度は、小林という若い男が、死んでいる。これは、焼死ですから、殺人かどうかは、わからない。しかし、確実に、三人死んでいるんです。それなのに、もう、京都の人たちは、そのことを、口にしなくなっています。それで、私は、今の緑の季節を、息苦しく思うのかも知れません」

と、十津川は、いった。

「京都の人たちは、たぶん、警察に、全部任せてしまっているんですよ。殺人事件について、あれこれ、考えるよりも、生活を楽しもうと、いうんじゃありませんか？ それが、京都人だと、思いますけどね」

と、木下は、いった。

「それから、小万《こまん》ちゃんの、誘拐事件があるじゃないですか？ それについても、何もいいませんね」

と、十津川が、いった。

「あの件は、小万さんも、それから、平松さんも、何をきいても、もう忘れたといっているんですよ。だから、京都府警としても、なかなか、事件の捜査が、進まないのです」

と、木下は、こちらのほうは、残念そうにいった。

「二人とも、どういうつもりなんですかね？　それが、わかりませんね」

と、十津川が、文句を、いった。

「それはたぶん、こういうことですよ。小万さんにしてみれば、お座敷で、大事なお客さんを、接待しているわけですから、そんなところで、無粋《ぶすい》な、誘拐事件の話なんか、したくないんでしょう。それに自分が、酒のサカナになりたくない。平松さんのほうは、彼自身、遊びの修業に、来ているといっているんですから、同じように、誘拐事件の話なんか、したくないんじゃありませんか？」

と、木下が、いった。

「それが、おかしいといっているんですよ」

と、十津川は、いった。

「どうおかしいんですか？」

「平松さんは、小万ちゃんが、好きなんだと思いますね。その好きな女性が、誘拐されたわけですから、必死になって、犯人を、見つけようとするのが、人情じゃありませんか？　それなのに、遊びに京都にきているんだから、無粋な、事件の話なんか、したくないというのは、どうにも、わかりませんね」

と、十津川は、いった。

「ですから、あの男は、少し変わっているんですよ」

と、木下が、笑った。

確かに、変わっているといえば、変わっているのだ。

何しろ、大金を出して、ひたすら、京都で遊びを習おうとしているんだから、そんな男が、今の世の中にいること自体が、おかしいのだ。

十津川は、そう考えることにしたが、それでも、首をひねる。

その平松は、相変わらず、毎晩のように、お茶屋で遊んでいるらしい。

そんなある日、突然、木下警部に、呼ばれて出かけていくと、

「明日、ここに、行ってみませんか？」

と、いい、一つの招待状を取りだして、十津川に、見せた。

その招待状は、あの五条実篤《さねあつ》からのものだった。

〈このたび、京都の室町に、ささやかな別邸を設けましたので、来る六月十日、万障お繰り合わせの上、おいで願いたい〉

そういう招待状だった。

その招待状の宛名《あてな》は、京都府警本部長になっているが、その横には、ペン書きで、〈東

京から来ているご友人も、誘ってみてください〉と書かれてあった。

「これは、あなたのことですよ。どうですか、一緒に、行ってみませんか？」

と、木下は、いった。

「どんな人たちが、招待されているんですか？」

十津川が、きいた。

「私の知っているかぎりでは、京都の有名人は、すべて、招待されていますよ。京都の市長から助役、市会の議員まで、それから議長、京都選出の、代議士も呼ばれています。京都に住む、歌舞伎役者、タレント、それから坊さんたち、あるいは、西陣の職人なども、呼ばれているそうです。とにかく、五条実篤の名前は、有名ですし、もし、招待を断ると何をされるか、わからない。そんな恐怖もありますから、招待者は全員、出席するんじゃありませんかね？」

と、木下は、いった。

「ここに、別邸とありますが、どんなところなんですかね？」

と、十津川は、きいてみた。

京都だから、多分、和風の家だとは思うのだが、五条実篤は、いったいどんな別邸を作ったのか？

「京都には昔から、高塀造りというのがあるんですよ。普通の町家ではなくて、高い塀を巡らせた、家なんですが、昔の裕福な商人が作らせて、住んでいた大きな家です。それを、五条実篤が、買い取って、改造したらしいんです」

と、木下が、いった。続けて、

「京都の、伝統的な家の造りをみるのも、一興じゃありませんか？」

と、いって、誘った。

「そうですね。興味が、湧いてきました。一緒に、行かせてもらいますよ」

と、十津川が、いった。

六月十日の夕方、十津川は、木下警部らと一緒に、室町通にある、五条実篤の別邸に、出かけた。

なるほど、伝統的な、高塀造りで、家の周囲には、高い塀を、巡らしてある。

中に入ると、昭和初年を思わせる、和風とモダンが、合わさったような、造りだった。

玄関を入っていくと、そこは、和風ではなくて、広い洋間になっていて、そこが、リビングだった。そのほか、広い中庭があり、回り廊下からは、どこからでも、庭に、降りられるように、なっていた。

庭には、赤い毛氈《もうせん》を敷いた、床机《しょうぎ》が置かれ、そこでも、招待された客に対して、酒が、振舞われた。

招待客の中には、木下警部がいうように、政治家もいれば、歌舞伎役者の顔も、あった。

有名な寺の住職の顔もあったし、そのほか、西陣や京都の産業の、当主たちの顔ぶれも、並んでいる。

まるで、京都を代表する有名人全員が、集まったような感じだった。

それだけ、五条実篤という男の顔が、利くということなのだろう。

客のほとんどは、一階の広間や、庭に集まっていたが、二階に上がると、そこは、西陣織や友禅染の展示場になっていた。美しい着物が、ズラリと並んでいる。これも、どうやら、五条実篤の、自慢の一つらしい。

招待客の中には、平松もいた。

小万のほうは、祇園の舞妓《まいこ》や、同僚の芸妓《げいぎ》と一緒に、呼ばれていて、彼女たちが、地方《じかた》の三味線に合わせて一斉に舞い出すと、招待客たちは、その舞いに見惚《みほ》れ、拍手をした。

十津川は、庭にいる平松に近づいて、声をかけた。

「もう大丈夫ですか？」

と、いうと、平松は、笑って、

「何がですか？」

と、きく。

「もちろん、誘拐事件の件ですよ。小万ちゃんは、大変な目に、遭ったんじゃありませんか？　それなのに、ケロッとした顔を、なさっているので、どう思っているのかなと、思いましてね」

と、十津川が、いった。

「もう忘れましたよ。京都は、いいところで、事件があっても、忘れさせて、もらえるんですよ。それに、僕は、お茶屋遊びに、のめり込んでいます。これだけ、楽しいと、嫌なことも忘れますよ」

と、平松は、笑って、

「とにかく、今夜は、飲みましょう。せっかく招待されたんだから」

と、いって、十津川の手に、杯を持たせて、酒を注《つ》いだ。

今夜の主役の、五条実篤は、羽織袴《はおりはかま》で、政治家や歌舞伎役者や、あるいは、寺の住職たちのところを回って歩いて、歓談している。

「平松さんは、京都に来て、もう、どのくらいになりますか？」

と、十津川は、きいた。

「三カ月になりますよ」

と、平松が、いった。

「それなら、相当、慣れたんじゃありませんか？」

「そうですね。だいぶ慣れました。肩肘《かたひじ》張らずに、お茶屋遊びが、できるようになりました」

「それから、例のＡＫクラブにも、行っているんですか？」

「もちろん、行っていますよ。少し下品ですが、向こうも楽しいですから。とにかく、京都の遊びは、全部覚えたいんです」

と、平松は、屈託のない顔で、いった。

十津川は、五条実篤のほうに、目をやって、

「平松さんは、あの五条実篤という人を、どう思いますか？」

と、きいた。

「そうだ。五条実篤さんには、京都の、本当の遊びを、教えてもらうことになっているんですが。まだ、教えてもらっていない。いつか、もう一度、お願いしようかと思っているんです」

と、平松は、いってから、

「十津川さんは、五条実篤さんを、どう思っているんですか？」

と、いった。十津川は、もう一度、五条実篤に、目をやって、

「大変、興味のある人物ですよ。京都の裏の部分にも、精通しているそうですから、ひょっとすると、あなたと、小万ちゃんが関係した、例の、誘拐事件についても、犯人の名前を、知っているかも知れませんね。もちろん、知っていたとしても、名前は、いわないでしょうがね」

「十津川さんは、本当に、そう思いますか？　五条実篤さんは、京都で起きた、さまざまな事件について、僕たちの知らない、いろいろを知っている、そう思われますか？」

急に、熱心に、平松は、きくのだ。

十津川は、そのことに、興味を感じてしまったが、とりあえず、平松の質問に答えることにした。

「これは、私の勘なんですがね、京都で起きるいろいろな事件について、警察の知らないことを、あの五条実篤という人物は、知っているのではないか。だから、京都の人たちは、あの男を、怖がっているのではないのか？　そんな気がするんですよ」

と、十津川は、いった。

「今の十津川さんの意見は、なかなか面白いですよ。興味がありますね」

と、平松は、大きな目になって、

「ひょっとして、こんなことも、考えられるんじゃありませんか。京都で、訳のわからない事件が、起きたとします。犯人も、わからない、動機も、わからない。ところが、あの五条実篤という人物だけは、知っている。つまり、あの五条さんが、その事件の当事者、つまり、その事件を起こした人間、そういうことだって考えられるんじゃありませんか？」

と、平松は、いった。

「ずいぶん思い切ったことを、いいますね」

と、十津川は、感心したように、いった。

平松は、さらに、

「もし、僕が、今いったことを、五条実篤さんに、面と向かっていったら、彼、どんな顔をするでしょうかね」

と、笑った。

「いうつもりなんですか？」

と、十津川が、きいた。

平松は、首を横にふって、

「そんなことを、するはずが、ないでしょう。僕は、この京都では、いわば、他所《よそ》者なんですからね。客として、京都に、遊びの勉強をしに来ているんですから。その先生のような人に、そんな失礼なことを、いうはずがないでしょう」

「しかし、今いったじゃありませんか？　面と向かっていったら、彼がどんな顔をするか、興味があるって」

「この場だけですよ。本当にそんなことは、しませんよ」

と、平松は、笑って、それっきり五条実篤の話は、しなくなった。

十津川は、今度は、ビールを注いだコップを、持って、それとなく、五条実篤に、近づいていった。平松も、ついてきた。

五条は、庭の見えるリビングで、地元の人らしい、六十年配の男と、話をしていた。

十津川は、かくれて、五条が、何を話しているか、きき耳を立てた。

「私は、あまり賛成できませんね」

と、五条が、いっている。

「それは、東京の大企業は、何とでも、いうでしょう。京都の文化を、尊重するとか、いいますよね。しかし、本当に、尊重しているかどうかは、わからない。京都のいいところだけを、利用して、自分の会社を、大きくしようとしているだけかも、知れませんよ」

と、五条が、いった。

彼と一緒にいる男は、

「しかし、かなり有利な、条件なんですけどね」

と、いっている。

「だから、いっているでしょう。連中は、本当は、京都の文化を、尊重してなんかいないんですよ。利用するだけです。ヘタをすると、あなたがたは、東京の大企業に、呑《の》み込まれてしまいますよ。私は、それが、いちばん危ないと思いますね」

「どうしたら、いいんでしょう？」

と、相手の男が、きいている。

「今は、苦しいでしょうが、京都の文化を、守ることです。そうすれば、自然に、道が開けてきますよ」

「しかし、この苦境を、乗り切るには、どうしたら？」

と、男が、いっている。

「それは、私に、任せなさい。私が、政治家に働きかけて、何とか、援助してもらえるようにしてさしあげたい」

と、五条が、いった。

「お願いできますか？」

「私を、信用しなさい。信用して下さっているんでしょう？」

「ええ、確かに、五条先生を、信用しているのですが」

「それなら、いい。大船に乗った気持ちでいて下さい」

と、五条が、いった。

そこへ市会議員らしい男が、入ってきたので、五条と、話をしていた男は、離れていった。

十津川は、木下警部を探して、見つけると、近寄っていって、

「向こうにいる、和服姿の、背の高い人ですけどね。あ、その六十年配の男の人。木下さんは、ご存じですか？」

と、きいてみた。

さっき、五条と、話をしていた男である。

「あの人は確か、西陣の旦那《だんな》衆の、一人じゃなかったかなあ。名前は、何といったかな。ああ、そうだ、確か、川端さんですよ。それが、どうかしたんですか？」

と、木下が、きく。

「さっき、あの人は、五条実篤さんに、何か頼み事をしていましたよ。五条さんは、それに対して、大船に乗った気で、いて欲しい、そういっていましたが」

と、十津川が、いった。

「わかりますね。昔、西陣といえば、景気がよかったのですが、最近は、苦労しているようですから、何か、頼んだんじゃないのかな」

と、木下が、いった。

「どんなことを、頼んだと思いますか？」

「たぶん、政治家への、橋渡しじゃありませんか？　西陣は、今、不景気で困っているから、何とか、市や国に助けてもらいたい、その橋渡しを、五条実篤に頼んだんじゃありませんか？　何しろ、五条さんは、政界に、顔が利くといわれていますから」

と、木下は、いった。

「西陣の旦那さんの一人ですか？」

「そうですよ。川端雅之さんといったかな。確か、そうです。大きな問屋さんの一つですよ。西陣のそばに上七軒《かみしちけん》がありましてね。昔は、あそこの上七軒の芸妓の旦那は、ほとんどが、西陣の旦那衆だったんですけどね」

と、木下が、いった。

その時、突然、この別邸の玄関のほうが、騒がしくなった。

十津川が、そちらのほうに、目をやった途端、玄関から、二人の男が、飛び込んできた。

三十代の男で、一人は、手にナイフを持ち、もう一人は、杖《つえ》を持っていた。

二人の男は、それぞれナイフと杖を振り回しながら、大声で、

「五条実篤、出てこい！」

と、叫んでいた。

その場にいた舞妓や芸妓が、悲鳴を上げた。

杖を持った男のほうは、木下警部が、飛びかかって、取り押さえた。

しかし、もう一人の男のほうは、ナイフを振り回すので、木下警部にしても、十津川にしても、なかなか、取り押さえるのが、難しかった。

そうこうしている間に、男は、リビングにいた五条実篤に向かって、駆け寄っていった。

「まずいな」

と、十津川が、思った時、二人の間に、平松が立ちふさがった。両手を広げるようにして、

「バカなことは止《や》めなさい！」

と、ナイフを持った男に向かって、叱《しか》りつけるように、いった。

「そこをどけ！　死にたいのか！」

と、男が叫びながら、今度は、平松に向かって、飛びかかっていった。

途端に、飛びかかっていった男のほうが、見事に弾《はじ》き飛ばされて、床に尻餅《しりもち》をついていた。

ナイフが、男の手から離れて、音を立てて、床に落ちた。

平松は、ゆっくりと、そのナイフを取り上げた。

倒れてしまったその男に、二人の若い男が、飛びかかって、取り押さえた。どうやら、二人の若い男は、五条実篤が、面倒を見ている書生らしい。

五条実篤は、微笑して、

「いや、ありがとう。助かったよ」

と、平松に向かって、いった。

平松は、手に持ったナイフを自分のポケットにしまってから、

「たまたま、居合わせたので、こんなことになりましたが、五条先生は、あわてて、いらっしゃいませんね？」

と、いった。

「こういうことには、慣れているんだ。何しろ、私のことを、快く思っていない人間も、いるからね。私は、誠心誠意、この京都のために、働いているつもりなんだが」

と、いった。

「そうでしょうね。よくいうじゃありませんか。十人味方がいれば、十人敵がいるって。そういうのが、人間の、本来の姿だそうですよ」

と、平松が、いった。

「確かに、君のいう通りだ。十人、味方がいれば、十人、敵がいる」

と、五条は、いってから、

「このお礼をしたいのだが、どうしたら、いいかね？」

「五条さんは、前に、僕に、京都の本当の遊びを、教えてやるといっていました。まだ、それを、教えていただいてないのですが、どうですか、今度、教えて、もらえませんか？」

と、いった。

「そうだな。今度、君に、電話をかける。面白いところへ、案内してあげよう」

と、五条は、いった。

「ぜひ、お願いします」

と、平松は、頭を下げてから、近くにいた十津川のところに、寄っていって、ポケットから、さっきのナイフを、取り出して渡した。

「これを、京都府警に渡してください」

と、いった。

「拝見しましたよ。なかなか、鮮やかなものだ」

と、十津川は、平松に、いった。

「ただの成り行きですよ」

と、平松が、いう。

「しかし、強い。大したものだ」

と、十津川は、また、ほめた。

「ですから、成り行きなんですよ。ああなってしまった、それだけの話です。後は、お願いします」

と、平松は、いった。

木下警部が、電話をしたのか、しばらくして、京都府警の刑事が、やってきて、二人の男に、手錠をかけて、連れていった。

五条実篤は、招待客に向かって、

「お騒がせしましたが、もう大丈夫ですので、今宵《こよい》は、心ゆくまで、遊んでいってください。時間の制限は、ありません。明日の朝まででも、結構ですよ」

と、いって、笑った。

翌日、十津川は、木下警部に会って、昨日《きのう》の、二人の男のことを、いろいろと、きいてみた。

「二人の身元も、なぜ、二人が、五条実篤の別邸に、殴り込んでいったのかその動機も、わかりました」

と、木下は、いった。

「やはり、怨恨《えんこん》ですか？」

と、十津川が、きいた。

「正確にいうと、あの二人にとって、怨恨であり、また、怨恨でもないんですよ」

と、木下が、いった。

「つまり、それは、誰かに、頼まれたということですか？」

「そうなんですよ。あの二人の男ですが、名前は、石田と坂上。二人とも、京都の暴力団S組の人間です。小さな組なんですけど、そこの二人で、実は、金をもらって、五条実篤を、痛めつけようとして、あの別邸に、乗り込んだ。五条実篤のせいで、家業の仏具店がうまく行かなくなった。そう思っている人間がいて、その人間に、頼まれて別邸に行った、というんですよ。二人で、百万円です。その人間が誰なのかは、知らない。金さえ貰えれば、誰でもいい。そういうことでしてね。ですから、それほど、大した事件ではないんです」

と、木下は、いった。

「しかし、あんなに招待客が、いっぱいいるところに、いきなり殴り込んできて、それでうまくいくと、彼らは、思っていたんでしょうか？」

と、十津川が、きいた。

「ですから、彼らには、五条実篤を殺す気なんて、初めから、全然ないんですよ。つまり、ただ脅かせばいい。そのためには、むしろ、客が、たくさんいたほうがいい。効果がある。そう考えたんでしょうね。ただ、まさか、警察の人間まで招待されているとは、思わなかったんじゃありませんか？」

と、木下は、笑った。続けて、

「それにしても、あの平松という青年ですが、相当、腕が立つんじゃありませんか？」

「確かに、大変な腕力ですよ。自分でも、その腕力を、もてあましているように見えますがね」

と、十津川は、いい、

「それで、事件は、終わりですか？　殺人未遂ということには、ならないのですか？」

と、十津川が、きいた。

「まったく、殺意がないんですから」

と、木下は、笑い、

「まあ、せいぜい傷害罪でしょうね。それから、あの二人に頼んだという、仏具店を捜してみます。まあ、たぶん、見つからないと、思います。暴力団の人間に、自分の身元が分かることを、いう筈ありませんからね」

　と、いった。

「それで、暴力団のS組と、五条実篤との関係は、どうなるのですか？　組のものが、警察に、捕まったということで、S組と、五条実篤の関係が、おかしくなるということは、ありませんか？」

　と、十津川が、きいた。

「S組が、五条実篤に、因縁をつけるということですか？」

　と、木下が、きく。

「ええ、よくあることですからね」

　と、十津川は、いった。

　木下は、笑って、

「今もいったように、S組というのは、この京都では、小さな組ですからね。五条実篤という男は、京都のナンバーワンの暴力団とも、親しいんですよ。ですから、小さなS組とは、何の問題も起きないでしょう。おそらく、五条実篤が、そのナンバーワンの組に、話をつけて、S組を、抑えつけて、しまうんじゃありませんか？」

と、いった。

「五条実篤自身は、昨日の事件について、どういっているんですか？」

と、十津川は、きいた。

「一応、話は、ききましたが、自分には、まったく、覚えがない。なぜ、あの二人が、ナイフと杖を、振り回して乱入してきたのか、わからない。もちろん、二人のことも、知らない。そういっていますよ。そういわれてしまうと、警察としても、どうしようも、ありませんからね。まさか、被害者を、連行するわけにもいきませんから」

と、木下は、苦笑いした。

十津川は、その後、もう一度、平松と話をしようと思って、電話をかけると、平松は、こんなことを、いった。

「実は今夜、五条実篤さんに、招待されているので、今から行かなくてはならないんですよ」

と、平松は、断った。

その電話通り、平松は、午後七時に、一人で例の、五条実篤の別邸に、向かった。

電話で、五条実篤は、

「くれぐれも、一人で、お出で願いたい」

と、いっていたからである。

今日は、どんな面白い遊びがあるのだろうかと思って、行ったのだが、別邸の中は妙に、静かだった。

玄関に、書生の一人が、羽織袴で、迎えに出て、

「主人の五条実篤は、茶室のほうで、お待ちしているので、ご案内いたします」

と、いって、まず、平松を庭に誘った。

庭づたいに行くと、離れに茶室が設けられてある。

茶室の前には、ぼんぼりがついていて、そこには、外腰掛けがしつらえられていた。

「ここに座って、しばらくお待ちください」

と、いわれた。

平松が、腰を下ろすと、その書生は、姿を消してしまった。
五、六分して、今度は、初老の男と、六十歳ぐらいの女性が、書生に、案内されてやって来て、同じように、外腰掛けに腰を下ろした。
初老の男は羽織袴で、平松に向かって、

「裏千家の白川でございます」

と、丁寧に挨拶《あいさつ》した。

女性のほうは、昔、祇園で、名妓といわれた竹千代という元芸妓らしい。

「今日の客は三人のようですね」

と、白川が、いった。

平松が、白川に、

「今日は、白川さんに、お茶を点《た》てて、いただけるのですか？」

と、きくと、白川は、微笑して、

「今日の主人は、五条先生ですから、五条先生のお茶を、いただこうじゃありませんか」

と、いった。

やがて、これも、羽織袴姿の五条実篤が、現れて、三人は、茶室に案内された。

どうやら、今夜の客は、三人だけらしい。

平松は、正式な茶の席というのは、初めてなので、まごついたし、硬くなってしまった。

仕方なく、ほかの二人に、合わせて、何とか、五条実篤の点ててくれたお茶を、いただいた。

お茶の席が終わると、五条は、白川と、竹千代の二人を、先に帰して、

「平松さんとは、もう少し、話をしたいので、ここに、残っていてください」

と、いった。

二人を、送り出してから五条は、茶室に戻ってきた。

二人だけになると、五条は、

「どうですか、こういう雅《みやび》な遊びは？」

と、いった。

平松は、苦笑して、

「どうも、居心地が、悪いですね。僕は、正式に、お茶席で、飲んだことがないんですよ」

と、いった。

「しかし、京都に来たら、お茶の作法も、一応、覚えておいてください。それも、京都の遊びの、一つですから」

と、五条は、少し意地悪く、いった。

「そうですね。何とか、覚えましょう」

と、平松は、逆らわずに、いった。

「もう、お茶の席は、終わったんですから、楽にしてください。胡座《あぐら》をかいても、構いませんよ」

と、五条は、いい、自分から、その場に、胡座をかいて、

「茶室というのは、便利なものでしてね。たくさんの人間は、入れない。今日のように、せいぜい、四、五人しか、入れません。いちばんいいのは、二人だけですよ。だから、二人だけで、大事な話をするには、ちょうどいいんです」

と、いった。

「五条さんは、この茶室で、大事な話を、なさるんですか？」

「ええ、ここが、わたしの、密談の場所ですよ」

と、五条は、いい、嘘《うそ》か本当か、わからないが、ニヤッと、笑って見せた。

「大事な話って、どんな、話をされるんですか？」

と、平松が、きくと、

「どんな話かということより、むしろ、本当の話を、ここですることが、大事なんですよ」

と、五条実篤が、いう。

「本当の話って、どういうことでしょうか？」

と、平松が、きいた。

「文字通り、本当の話ですよ。パーティーや、会議の席では、人間は、本当の話を、しないものです。こういう小さな部屋で、二人だけになると、自然に、本当の話が出る。私も実は、それを期待して、あなたをこうして、お呼びしたんですよ」

と、五条が、いった。

「どうも、本当の、意味が、わからないのですが」

と、平松が、いった。

「あなたは、一年間、この京都に、遊びの勉強に来た、そういわれている。そうですね？」

「ええ、その通りです。少しばかり、バカげているかも知れませんが、うちのオヤジに、いわれたんですよ。遊びをしてこいって。本当の遊びを覚えれば、それが、これからの、人生に役立つ。そういわれて、来ているんです。ですから、あと九カ月間、この京都で、遊びたいと、思います。できれば、五条さんにも、本当の遊びを、教えていただきたいんです」

と、平松は、いった。

「正直にいいましょうか」

と、五条が、いった。

「ええ、どうぞ」

「私はね、あなたの言葉を、半信半疑で、きいているのですよ。ひょっとすると、金持ちのボンボンが、京都の遊びを、勉強しに来ているのかも知れない。京都の、昔からの遊びというか、祇園での遊びを、楽しみたくて、来たのかも知れない、半分は、そう信じています。しかし、後の半分は、信じていない」

と、五条は、いった。

「困りましたね。信じていただけないと、困るんですよ。僕は、五条さん、あなたから、本当の遊びを、教えていただきたいんだから、警戒されちゃ、困るんです」

と、平松が、いった。

「私が、疑い深く、なり過ぎているのかも知れませんがね。今まで、いろいろな人間を、見てきたからいうんですが、あなたも、こう見たところ、悪人とは、思えない。ウソにも見えない。今もいったように、本当に、遊びに来たのかも知れないが、全く、別の目的があって、京都に来たのかも、知れない。今のところ、半々ですが、もし、後の方の、遊びではなく、何かをしに、来たのだとしたら、正直に、いってくれませんかね？　私が関係していることであれば、力になりますよ」

と、五条は、いった。

「困ったな」

「本当に、私から、京都の遊びを教えてもらいたいのなら、喜んで、お教えしますがね。しかし、どうも。腑《ふ》に落ちない」

と、五条は、いってから、少しばかり考えて、

「もし、私が、今、一千万円出せば、本当の遊びを、教えてあげる、そういったら、目の前に、ポンと、一千万円出せますか？」

と、平松を見た。

平松は、ニッコリして、

「もちろん、出します。喜んで、出しますとも」

と、いった。

「例の、ＡＫクラブのママさん、覚えていますね？　あのママさんが、あなたに向かって、本当の京都の遊びを、教えてあげるから、そのお礼に、一億円で、別荘を、建ててくれといったら、どうします？」

と、五条が、質問を変えた。

それに対しても、平松は、ニッコリ笑って、

「今まで、知らなかった、本当の新しい遊びを、教えてくれるなら、喜んで、一億円出しますよ。明日にでも、東京に電話をして、一億円を、振り込ませます。だから、ＡＫクラブのママの、銀行口座を教えてくれませんか？」

と、いった。

「うーん」

と、五条は、うなってから、

「じゃあ、これは、どうですか。可愛らしい舞妓がいて、彼女の旦那になりなさい。これも、一つの、京都の遊びだから。そういったら、その舞妓の、旦那になりますか？」

と、きいた。

それに対しても、平松は、嬉しそうに笑って、

「京都の本当の遊びは、舞妓の水揚げですか？　舞妓の旦那になることが、本当の遊びならば、喜んでなりますよ。どれくらいのお金が、必要なんですか？」

と、きいた。

「そうですね。昔、傾城といわれたくらいだから、つまり、会社を、一つ、潰《つぶ》すくらいの金が、必要になります。それでも、いいですか？」

「いいですよ。オヤジが喜んで金を出してくれるんじゃないかな」

と、平松は、いった。

五条実篤は、また、考える顔になってから、

「いや、参りました。どうやら、私の疑いは間違っていたらしい」

と、いった。

「誤解を解《と》いてくだされば、嬉しいんですが、さっきの話、本当に、遊びを教えてくださいよ」

と、平松が、いった。

「そうですね。あらためて、ご招待しましょう。今日は、本当に、失礼した」

と、五条は、小さく頭を下げた。

その翌日、お茶屋に、小万を呼んだ時、平松は、五条実篤のことを、話した。

「本当の遊びを、教えてくれるというので、喜んで出かけたら、お茶を接待された。あれには、ビックリしたよ」

と、平松は、いった。

小万は、笑って、

「それ、からかわれたんどすえ、きっと。五条先生、意地悪なところが、あるさかい」

と、いった。

「そうか、昨日のあれは、五条実篤さんの、意地悪か」

「そうどす。あの先生、時々、人をからこうて、喜んでます。そういうところが、ありますさかい気をつけて、おくれやす」

と、小万が、いった。

「その時、僕と一緒に、五条実篤さんの、茶席に招待された人が二人いてね。一人は、裏千家の白川さんで、もう一人が、竹千代という昔の芸妓さんだった」

と、平松は、いった。

「竹千代姐さんも、一緒やったんどすか？」

と、小万は、ちょっとビックリしたような顔になった。

「あの芸妓は、君の先輩に、当たるわけだろう？　どんな人なの？」

と、平松が、きいた。

「舞の名手どすえ。今もそうどすけど、昔はそれは、きれいなお方で、確か、西陣の旦那はんの、二号さんにならはったんどす。その西陣のお方の奥さんが亡くならはって、今は、ちゃんとした奥さんに、おなりどすけど」

と、小万が、いった。

「なるほどね。西陣のね」

と、いってから、平松は、五条実篤の別邸に招待された時のことを、思い出して、

「あのパーティーの時だけど、西陣の旦那というのが、五条実篤さんに、何か、頼んでいたよ。助けてくださいみたいなことをいっていたなあ。そうしたら、五条実篤さんのほうが、どんなことでも、自分に相談して欲しい。自分に相談してくれれば、何とかしてあげる。大船に乗った気で、いなさいみたいなことをいっていた」

と、いった。

「確かに、今、西陣さん、本当に、不景気どすさかい、神頼みみたいなものや、おへんか？　あまり感心しまへんけど」

と、小万が、いった。

「君は、感心しないか？」

「そうどす。確かに、五条先生は、力がありますけど、ヘタに五条先生にお願いすると、痛い目に遭います」

と、小万は、いった。

「なるほど、五条実篤さんに頼むと、ヘタをすると、全財産を、取られてしまう。そういうことだね？」

と、平松が、きいた。

「うち、何人も知ってます。困り果てて、五条先生に、力を貸してもらいたいと、頼まはったら、結局、その人の全財産が、五条先生に、取られてしもうて、泣いたはる人を、何人も知ってます」

と、小万は、いった。

「怖い人なんだ」

「そうどす。とても、怖い人。平松さんも、あの五条先生には、あまり、近寄らはったらあきまへん」

と、小万は、真剣な表情で、いった。

「確かに、怖い人らしいが、同時に、魅力があるね」

と、平松は、笑った。

「平松さんに、注意しときますけど、あの先生は、腕力では、どうにもなりまへんえ」

と、小万が、いった。

「たしかに、そうらしい。それにしても、あの五条実篤さんの、力の源は、何なのだろう？　やはり、コネかな。いろいろなところに、人脈があるから、それで、強いんだろうか？」

と、平松は、自問するように、いった。

「どうして、あんな怖いお方に、興味を、持つんどす？」

と、小万が、心配そうに、きいた。

「とにかく、興味があるんだ。どうして、あんなに、力があるのか、それを知りたいんだ。パーティーに招待されて、あの別邸に、行った時も、各界の有力者が全員、来ていたから、人脈のすごさは、よくわかったんだが、それだけなのだろうか？　京都の人たちが、怖がるのは、ほかに、理由があるような気がするんだがね」

と、平松が、いった。

「そんなことを知って、どうするんどす？」

と、小万が、きいた。

「ただ、知りたいだけだよ。今いったように、五条実篤という人間に、興味があるんだ」

と、平松が、いう。

その後で、

「彼は、政界にも、実業界にも、強力な人脈を持っているのはわかったけど、警察関係には、どうなんだろう？　何か、京都府警の、上のほうにコネがあるんだろうか？」

と、平松が、いった。

「どうどすやろ？　ひょっとすると、今の警察の方やなくて、警察を、引退なさった方と親しいんやないどすか？」

と、小万が、いう。

「引退した警察関係というと、たとえば、どんな人？」

と、平松が、きいた。

「五条先生は、会社を一つ、持ってはるんどす。何か、得体の知れない会社やということどすけど」

と、小万が、いった。

「その会社のことならきいたことがあるよ。実質的な仕事は、していない会社らしいけど、どうかしたの？」

と、平松が、きいた。

「その会社どすけど、妙な会社で、幹部の人がたくさんいて、平社員が、ほとんどいない会社なんどす。その幹部の人の中に、京都府警のＯＢの方や、あるいは、奈良や大阪の警察のＯＢの方の名前が、たくさん入っているんどす。そうきいたことがあります。だから、警察のＯＢの方とは、強いコネが、あるんと違いますか？」

と、小万が、いった。

「なるほど、ＯＢね。ＯＢとのコネか」

と、平松が、いった。

それなら、ＯＢを通して、警察に、ある程度、干渉することが、できるかも知れない。

少なくとも、警察の情報は、取れるだろうと、平松は、思った。

「何か、変どすえ」

と、小万が、いった。

「どこが変なんだ？」

と、平松が、きく。

「平松さんは、この京都に、遊びを習いに来てはるんと違います？　それやのにどうして、あの五条先生のコネのことが、気になるんどす？　おかしおす」

と、小万が、いった。

「別に、おかしくないさ。京都のことは、すべて知りたいんだ。それも、一つの、勉強になるからね」

と、平松が、いった。

「今度、うち、平松さんに、ドライブに連れていってほしおす」

と、小万が、突然、いった。

「ドライブか。どこに行きたい？」

「そうどすな。京都の町を、ドライブしても、仕方ありまへん。うち、奈良に行きたい」

と、小万が、いった。

「わかった。明日、車を借りて、君を誘いに行くよ。午前十時頃でいい？」

と、平松は、いった。

「おおきに。十時どすね。うち、お弁当作って、待ってます」

と、小万が、いった。

次の日の朝、平松は、市内の営業所で、オープンカーを借りて、小万のマンションに、迎えに行った。

小万は、パンツルックで、待っていた。ひさしの深い帽子を、かぶり、サングラスを、かけている。手には、ランチボックスを提げていた。

「どうどす、うちの格好？」

と、ちょっとポーズを取って、小万が、きいた。

「いいね。そういう格好も素敵《すてき》だよ」

と、平松が、嬉しそうに、いった。

彼女を助手席に乗せて、平松は、車をスタートさせた。

十条通に出て、24号線を、奈良に向かって走る。ウィークデーなので、いつもは混んでいる24号線の道路も、今日は空いていた。梅雨の合間なのだが、今日は、空も晴れていた。

一時間半ほどで、奈良に着いた。

車を停《と》めて、

「さて、これからどこへ行く？」

と、平松が、きくと、

「うち、シカが見たい」

と、小万は、子供のようなことをいった。

春日大社に入っていくと、あちこちから、シカが出てきて、中には、道路に、寝そべってしまうシカもいる。

小万は、声を上げて、はしゃいでいる。

平松が、シカせんべいを、買ってきて、小万に渡した。

シカせんべいの袋を、持っていると、シカのほうはよく知っていて、二人に向かって、一頭二頭と、寄ってくる。

たちまち、手に持っていたシカせんべいは、全部食べられてしまった。

仕方なく、二人は、車に戻った。

「さて、これから、どこに行く？」

と、もう一度、ききながら、平松は、バックミラーに目をやっていたが、

「やっぱり、ついてきた。ご苦労さんだな」

と、笑う。

「何がどす？」

と、小万が、きく。

「さっきから、同じ車が、ずっと、こちらの後をついてきているんだ。同じ奈良に行く車だろうと思っていたんだが、まだ、向こうに、停まっている。僕たちが車から降りて、シカに、せんべいをやっている間、ずっと、あそこに、停まっていたんだ」

と、平松は、目で、バックミラーをさして、いった。

「本当どすか？」

と、小万が、後ろを、振り返りそうになるのを、平松は、あわてて、止めて、

「後ろを見ないほうがいい。誰がつけてきたのか、わかっているんだ」

と、いった。

「平松さんの、知ってる人どすか？」

と、小万が、きく。

「前に、五条実篤さんから、お茶に、呼ばれた時、羽織袴で、茶室まで案内してくれた、書生さんがいるんだ。向こうの車を、運転しているのは、その書生だよ。間違いない」

と、平松は、いった。

「でも、どうして、五条先生が、平松さんを監視しはるんどす？」

と、小万が、首を傾《かし》げた。

平松は、笑って、

「ひょっとすると、僕じゃなく、君を監視しているかも知れないよ」

と、からかい気味に、いった。

「そんなことないと、思います。きっと、平松さんを監視してはるんどす」

と、小万が、いう。

「どうも、あの五条先生は、僕に、興味を持っているらしいからね。それで、僕を監視しているんだろう」

と、平松が、笑って、いった。

〈狐《きつね》と狸《たぬき》の化かし合い〉

と、いう言葉を、平松は、思い浮かべていた。

五条実篤のほうは、平松が、いくら、京都には、遊びに来ているといっても、まだ信じていないようだ。

いろいろと、仕掛けてきて、平松を試そうとしている。

小万の誘拐だって、ひょっとすると、その一つなのかも知れないと、平松は、考えていた。

第十章　十津川動く

東京に帰る亀井を、京都駅まで送ってから、十津川は、タクシーを拾った。まだ京都に詳しくない十津川は、タクシーが頼りだった。

タクシーに乗るとすぐに、十津川は、手帳を広げて、

「喫茶店ソアレというのを、知っている？」

と、運転手に、聞いた。

運転手は、自信のない声で、

「喫茶店ですか？」

と、きき返した。

「ここには、下《しも》京《ぎょう》区《く》西《にし》木《き》屋《や》町《まち》通《どおり》四《し》条《じょう》上《あが》ルと書いてあるんだが」

と、十津川は、手帳を見ながら、いった。

「その喫茶店は、知りませんけど、とにかく、その近くで、降ろしますから、そこで、探してくださいよ」

と、若い運転手は、素っ気なく、いった。

降ろされたのは、細い通りの入り口だった。その通りには、喫茶店や、飲食店が、並んでいる。

十津川は、その通りを、ゆっくりと、歩いていった。

どうやら、西木屋町通と、いうらしい。

しばらく歩くと、小さな喫茶店が、見つかった。

たぶん、ここだろうと思い、十津川は、中に入っていった。

店に入った途端に、昭和初期に、戻ったような錯覚に陥った。椅子《いす》もテーブルも、すべてアンティークで、なぜか、ブルーの照明がついている。壁に掛かっている絵は、東郷青児のものだった。

二階に上がり、窓際のテーブルに、腰を下ろした。そこから、川が見えた。それが高瀬川らしい。

店員に、この店の売り物はと、きくとゼリーコーヒーだという。ともかく、十津川は、それを注文した。

京都は、日本でいちばん、喫茶店の多い街らしいが、こうしたアンティークな感じの、喫茶店も、多いのだろう。

運ばれてきた、ゼリーコーヒーを、食べながら、十津川は、もう一度、手帳に書かれた文字を、読み返してみた。

彼女と会う場所として、この喫茶店ソアレのほかに、祇園のバーや、花吉兆の名前が、書き込んである。

それは、十津川が、ある男の手紙から、書き写したものだった。一年前に失踪《しっそう》した男のものだ。

ゼリーコーヒーを、食べ終わってから、十津川は、レジに行き、そこに座っている、六十代の店主に、

「ちょっと、おききしたいんですが」

と、声をかけた。

「何ですか？」

と、相手が、きく。

十津川は、ポケットから、一枚の写真を取り出して、店主に、見せた。

「この写真の男の人が、よく、この喫茶店を、待ち合わせに、使っていたらしいんですが、覚えていらっしゃいませんか？　名前は、北村真、年齢は、五十二歳ですが」

と、十津川が、いうと、

「お客さんの名前を、いわれても、困りますね。いちいち、お客さんの名前はきいていませんから」

と、いった。

もっともなことだと、思いながら、十津川は、

「名前は結構ですから、この男の人を、見たことが、ありませんか？　たぶん、去年の夏頃から、時々、この店に、来ていたと思うんですが」

と、いった。

店主は、眼鏡を、かけ直してから、もう一度じっくりと、顔写真を見て、

「ああ、確かに、このお客さんなら、二、三度見ていますよ」

と、いってくれた。

「ここで、女性と待ち合わせしていたと、思うんですが、その女性のことは、覚えていませんか？」

「そうですね、確か、和服の、四十代かなあ、とても、きれいな、京美人でしたよ。名前は知りませんが、たいてい、男の人が、先に来て待っていらした。今もいったように、二度か三度は、見たことがありますよ」

と、店主が、いった。

「それは、いつ頃の、ことですか？」

「そうですね。去年の八月頃だったかな。祇園祭が終わって、夏の盛りでしたから。それから二、三度見ているんです」

「最後に見たのは、いつですか？」

と、十津川が、きいた。

「いつだったかな、秋頃だったと、思いますけどね、その後は、全然見ていませんね。この人が、いったい、どうしたんですか？」

と、店主が、きいた。

「実は、この人を、探しているんですよ」

と、十津川が、いった。

「探しているというと、失踪なさったということですか？」

「そうですね、失踪ということになるんでしょうかね。突然、いなくなってしまったんですよ。それで、探しに、来ているわけなんですが、何か、この男の人のことで、覚えていることは、ありませんか？」

と、十津川は、きいた。

「そうですね、夏なのに、いつもきちんと、背広を、着ていらっしゃいましたね。あの人は、京都の人じゃありませんね」

と、店主が、いう。

「そうなんですよ。実は、東京の人間なんです」

と、十津川が、いうと、

「それなら、東京に帰ったのと、違いますか？」

「いや、東京には、帰っていないので、探しているんです」

と、十津川は、いってから、

「彼が、この店で、待ち合わせをした女性の名前や住所が、わかればいいんですが、わかりませんか」

と、いった。

店主は、困ったような、顔になって、

「和服姿の、四十代の、きれいな人だったのは、覚えていますけど、名前までは、わかりません。きっと、京都の、いいとこの奥さんと、違いますか？」

と、いった。

しかし、残念ながら、それ以上は、きけなかった。

夜になってから、十津川は、泊まっている旅館で、夕食をとった後、外出し、石塀小路に向かって歩いていった。

石塀小路の周りには、小さなバーや、飲食店があるが、外見は、普通の家のように、見える。この辺りは、外観を変えることは、許可されないのだろう。十津川が、探したのは、

「バーたなか」という店だった。

　しかし、その名前の看板は、かかっていない。

　一軒一軒見ていくと、田中という表札が、見つかった。

　表は、格子戸になっていて、東京で考えられるような、バーには、見えなかった。いったん、ほかを探してみたが、「たなか」というバーは、見つからない。

　思い切って、格子戸を開けて中に入ると、玄関も、しもたやのようで、入り口に、日本画の額が掛かり、お香が焚《た》かれている。

　ただ、さらに、奥に進むと、そこは、がらりと変わって、絨毯《じゅうたん》が敷きつめられた、お座敷バーに、なっている。

　手帳によれば、「バーたなか」で、男は、何度か、彼女と、会っていることに、なっていた。この店のママは、祇園の元芸妓と、書かれてある。カウンターの奥には、その芸妓上がりらしい三十五、六歳のママと、二十代の、若い女の二人だけがいた。

　客は一人だけで、地元の人間らしく、若い女のほうと、しゃべりながら、カクテルを飲んでいた。

　十津川は、カウンターに、腰を下ろし、ママに、ビールを注文してから、喫茶店ソアレと、同じように、男の写真を、ママに見せた。

「この人が時々、この店に、飲みに来ていたと思うんですが、覚えて、いらっしゃいませんか？」

と、十津川は、丁寧に、いった。

「ええ、何回か来ていらっしゃいますよ。でも、最近は、全然、お目にかかっていませんけど」

と、いった。

十津川が、東京の人間とわかったからか、ママは、標準語を、使っている。その辺も、観光地の京都らしかった。

「この人は、ここで、女性と待ち合わせをしていたらしいんです。和服姿の、四十代の女性だというんですが、その女性のことは、覚えていらっしゃいませんか？」

と、十津川は、あくまでも丁寧に、きいた。

「女の方ですか？　そういえば、四十代の女性の方と、何回か、飲みに、来ていらっしゃいますけど」

と、ママが、いった。

「その女性ですが、名前は、わかりませんか？　名前と住所を、どうしても、知りたいんです」

と、十津川は、いった。

「名前は、知りませんけど、いい着物を、着ていらっしゃいましたから、どこか、いいところの、奥さんじゃないんでしょうかね」

と、ママが、いった。

「祇園の、芸妓さんということは、ありませんか？」

と、十津川が、きいた。

「うちは、元芸妓ですけど、あの女性は、芸妓とは違うと思いますよ」

と、ママが、いった。

芸妓上がりのママが、いうのだから、間違いないだろう。

「最近は、この男性を、見ていないとおっしゃいましたが、女性のほうは、どうですか？」

と、十津川は、きいた。

「ええ、女性の方も、最近は、全然、お見えになっていませんねぇ」

と、ママが、いう。

「この店で、二人は、どんな、話をしていたんでしょうか？」

と、十津川が、きいた。

「どんな話を、していたかしら？」

と、ママは、考えてから、

「ああ、去年の八月の初め頃に、いらっしゃった時は、六道《ろくどう》さんに、お参りに行くと、いってらっしゃいましたよ」

と、いった。

「六道さんって、何ですか？」

と、きくと、ママは、笑って、

「六道さんいうたら、六道珍皇寺《ちんのうじ》のことですよ。あそこで、八月七日から十日まで、お参りが、あるんですよ。きっと、それに、お二人でいらっしゃったんじゃないかしら？」

と、ママが、いった。

「それは、どんな、お参りなんですか？」

と、十津川が、きいた。

「本当に、六道参りをご存じないんですか？」

と、ママは、不思議そうに、きいた。

十津川は、頭をかいて、

「何しろ、私は、京都に来たばかりなもんですから、本当に、何も知らないんですよ。どんなことなのか、教えて、くれませんか？」

「八月のお盆の頃になると、皆さん、この六道さんに、お参りして、亡くなった、親しい人の魂を、呼び戻すんですよ。六道さんの、鐘を撞《つ》いて。この写真の人も、あの、きれいな女性の方も、六道参りに、行ったのと違いますか？」

と、ママは、いった。

十津川は、ママに頼んで、問題の、六道珍皇寺までの、地図を書いてもらった。

今日はもう遅いから、明日にでも、行ってみようと、十津川は、考えた。

翌日、旅館で、朝食を、済ませてから、十津川は、京都市の市街地図と、「バーたなか」のママが、書いてくれた、地図の両方を使って、問題の、六道珍皇寺に向かった。

松原通を、歩いていくと、商店街の中に、その寺が、あった。

ママの話では、八月七日から、十日までの間は、人々は、この六道さんに来て、亡くなった、親しい人の霊を、呼ぼうとして、行列が、できるらしいが、六月下旬の今は、閑散としている。

十津川は、寺務所に行って、六道参りについて、話をきくことにした。

寺務所の人の話は、こうだった。

〈平安の頃は、清水寺の南一帯は、鳥辺野《とりべの》と呼ばれて、死体を埋める場所だった。その入り口が、いわゆる六道の辻で、その前の、松原通には、死体が、累々として横たわり、死臭が、漂っていたと、いわれている。

つまり、六道の辻が、生きている人間の現世と、死んだ人間のあの世との境だったと、いわれた。

六道さんと呼ばれる、今の六道珍皇寺は、その平安の頃に、建てられた寺院で、本堂の前にある、閻魔《えんま》堂と呼ばれる建物の中には、小野篁《おののたかむら》と閻魔大王の、二つの木像が、並んで収められている。

小野篁というのは、平安の頃の学者で、昼は、朝廷に仕えながら、夜になると、密《ひそ》かにこの寺の中にある、井戸から、あの世に通っていき、閻魔大王の元で、働いていたという。そうしたいい伝えが、今も生きていて、お盆前の八月七日から十日にかけて、この六道さんで、人々が、亡くなった、親しい人を呼ぶ、六道参りが、行われる。

いつもは静かなこの寺の周囲は、この四日間は善男善女でごった返し、鐘を撞きながら、死んでしまった、親しい人の霊を呼ぶのである〉

「鐘を撞きながら、亡くなった、親しい人を、呼ぶわけですか？」

と、十津川が、確認するように、きいた。

「そうですよ。亡くなった精霊《しょうりょう》を呼ぶんです。水に流す水塔婆《みずとうば》に、亡くなった人の、名前を書いて、流して、それから、高野槙《こうやまき》の枝を水に浸すんですよ。そして、誰々さん、迎えに来たえといいながら、迎え鐘を撞くんですよ」

と、寺務所の人は、いった。

「高野槙というのは、何ですか？」

と、十津川は、きいた。

「植物の枝のことですよ。今いった小野篁という人が、この槙の枝を伝って、この世と、あの世を、往来したといい伝えられていましてね。その伝説に倣《なら》っているんです」

と、寺務所の人は、いった。

十津川は、小野篁という学者のことが、もっと知りたくて、本堂の前にある閻魔堂をのぞいてみた。

なるほど、そこには、閻魔大王と、冠をつけた小野篁の大きな木像が並んでいた。昼間は、朝廷の役人で、夜になると、あの世に行って、閻魔大王に仕える。何か、恐ろしいような、面白いような、話だった。

そんな話を、京都の人たちは、本当に信じているのだろうか？

六道さんと、親しげに呼ぶところを、見ると、その信仰は、今も、生きているのだろう。

六道参りの、八月七日から十日にかけては、松原通に数百軒の屋台が、並ぶという。

寺務所の人は、笑いながら、

「いつもは、静かなこの辺りですが、この六道参りの間だけは、平安時代の、京都に返るんですよ」

と、いった。

十津川が探している、北村真という男は、東京の人間だから、この六道参りには、別の理由があって、来たのだろう。

たぶん、彼が会っていた、中年の女性が、親しい人を亡くしたので、八月の四日間、この六道さんに来て、ほかの善男善女と、同じように、水塔婆に、亡くなった人の名前を書き、槇の枝を添えて鐘を鳴らしながら、その人の名前を、呼んだのではないだろうか？

恐らく、そんな彼女に、つき合ったに違いない。

そこまでは、わかっても、肝心の女性の名前は、わからなかった。

十津川は、旅館に帰ると、もう一度、手帳を、読み返した。その中に、彼女の名前は、書かれていない。

北村真の手紙には、なぜか、彼女の名前は、書かれていなかったのだ。

「バーたなか」のママがいっていたように、どこか、いいところの、奥さんらしいということから考えて、それ故、手紙に、名前を、書かなかったのかも知れない。

北村らしい配慮だが、今の十津川は、何とかして、彼女の名前を知りたかった。女のことがわからないと、北村が見つからない。

夕食をとっていると、平松から、電話がかかってきた。

「十津川さん、どこに、行っていたんですか？　何度電話しても、外出しているということで、捕まりませんでしたよ。別のところにでも、遊びに行っているんですか？」

と、平松が、いう。

「いや、ちょっと、調べたいことがあって」

と、十津川が、いうと、平松は、

「今夜も、僕は、お茶屋さんに、遊びに行くつもりなんですが、十津川さんも、行きませんか？」

と、誘った。

「いいですね。ただ、京都のことに、詳しい人に会いたいんですが、誰か、紹介してくれませんか？」

と、十津川は、いった。

「それなら、いい人がいますよ」

と、平松は、いい、お茶屋の名前をいって、電話を、切った。

午後九時に、教えられた名前の、お茶屋に行くと、すでに、平松は来ていた。

そこには、以前十津川が、平松から紹介された老人がいた。

「後楽先生は、何でも知っている、京都の生き字引みたいな人ですよ」

と、平松が、笑いながら、いった。

十津川は、老人に、

「一つだけ、教えてもらいたいんですが、私の友人が、手紙をくれましてね、その中に、こんなことが、書いてあったんです。〈今、京都に来ているが、夏目漱石と、同じように、自分の無粋さから、何度も、女性に振られてしまった〉と、書いてあったんですが、ここでいっている、夏目漱石と同じように、自分の無粋さから、京都の女性に、振られてしまったというのは、どういう意味か、おわかりになりますか？」

と、きいてみた。

「そんなことか」

と、老人は、笑って、

「夏目漱石は、確か、大正四年頃、京都に、遊びに来た。そこで親しくなった、お茶屋の女将《おかみ》を、天満宮に、誘ったんだな。三月の二十四日に、天満宮に行くという、約束をしておいて、漱石は、正午まで、待ったが、女将は、現れない。電話をすると、何ということか、女将さんは、ほかの客と一緒に、宇治に、遊びに行ってしまっていた。それをきいて、漱石は、怒ったんだ。漱石というのは、元々生真面目《きまじめ》だからね。東京に帰ってから、その女将さんに、こんな手紙を、送ったといわれている。〈あんたは、僕を北野天満宮に、誘っておきながら、その日は、断りなしに、宇治に、遊びに行ってしまった。ああいう、無責任なことをしていると、決していい報いはない〉そんな手紙を書いて、その女将さんを、責めたんだよ」

と、老人は、いった。

「それで、どうなったんですか？」

と、十津川は、きいた。

「女将は、〈そんな約束はしていない〉と返事を書いた。すると、漱石は〈あんたは、空とぼけてごまかしている。そんな不道徳なマネはくろうとでも許されないことだ〉と、怒った」

「漱石さんも、しつこいですね」

「これは、こんなことだったんだろうという人が、多い。つまり、東京人の漱石は、女将さんに向かって〈北野天満宮に、行かないか？〉と、誘ったんだな。そこで、女将さんは〈へえ、おおきに〉と、いった。これが、曲者でね。おおきにというと、東京の人間は、相手が、ＯＫしたんだと思ってしまう。しかし、おおきにというのは、ＯＫという意味とは違うんだ。誘ってくださって、ありがとうございますというだけの意味でね。ありがたいが、ほかの約束があるので、行けないという意味でもあるんだ。それを、東京人の漱石は、わからなかった。そんなことだろうという人が、多い。それに、漱石は、三月の二十四日に、誘ってしまったんだが、天神さんのお祭りは、二十五日なんだ。そんなことは、京都の人間なら、誰だって知っている。だから、二十四日いくら待ったって、女将さんは、現れなかった。女将さんにしてみれば、当然なんだ。その辺が、漱石には、わからなかった。しかしね、この話には、続きがあって、こんな食い違いがあったが、漱石と、その女将さんとは、その後も親しく、つき合ったということが伝えられているんだ。その女将さんは、東京に行くと必ず、漱石の家を訪ねて、お土産を渡していたということだから」

と、老人は、いった。

「それでわかりました」

と、十津川は、ニッコリして、

「友人の手紙にも、漱石のように、振られたが、何とか、仲良くなることができた、そう書いて、ありましたから」

と、いった。

そのうちに、芸妓や舞妓が来て、にぎやかになった。もちろん、芸妓の中には、小万の顔もあった。

酒宴の合間に、平松が、

「十津川さんは、人探しに、京都に来ているんですか？」

と、十津川に、きいた。

「どうして、そう思うんですか？」

「さっきの話の、漱石のように、振られてしまったという友人を、十津川さんは、探して、いるんじゃないんですか、それとも、その友人を、振った、女性の方を探しているんですか？」

と、平松は、きいた。

「そうですね。できれば、私の友人を振った、きれいな女性を、見つけたいと思っているんですよ。和服の似合う女性で、年齢は、四十歳ぐらい。どこか、大きな家の、奥さんらしいんですが、これだけじゃ、わからんでしょうね？」

と、十津川は、いった。

「確かに、それだけでは、雲をつかむような話ですね。ほかに、何か、わかっていることは、ないんですか？」

と、平松が、いう。

十津川は、考え込んだ。

他に、何か、わかっていることが、あったろうか？

「去年の八月の、六道参りの時に、その女性は、私の友人を、連れて、六道参りに、行っているんですよ。ですから、去年かその前年、あるいは、その近くに、親しい人を、亡くしているんじゃないかと思うんです」

と、十津川は、いった。

「六道参りですか」

と、平松が、いうと、隣にいた、後楽老人が、首を突き出すようにして、

「きっと、その美しい女性も、あの六道参りで、鐘を鳴らしながら、誰々さん、迎えに来たえと、いったに、違いない」

と、いった。

「その女性の写真は、ないんですか？」

と、平松が、きく。

「ありません」

「じゃあ、似顔絵は？」

「それなら、昨日から今日にかけて、描いてもらいました」

と、十津川は、いった。

それは、喫茶店ソアレの主人と、石塀小路の、「バーたなか」の、ママに、描いてもらった、彼女の、似顔絵だった。

それを、十津川は、平松に見せ、後楽老人にも、見せた。

だが、二人とも、知らない顔だという。

しかし、その絵を、のぞき込んだ二人の芸妓が、顔を見合わせてから、

「小万ちゃん、この人、あの奥さんと違う？」

と、一人が、いった。

小万が、うなずいて、

「確かに、よう似たはる」

と、いった。

十津川は、目を光らせて、

「この女性を、知っているんですか？」

と、いった。

「自信はないけど、うちの、知っている人に、よう、似たはります」

と、小万が、いい、一緒に来ていた、芸妓も、うなずいた。

「その人の名前を、教えてくださいよ」

と、十津川が、嘆願した。

二人の芸妓が、また、顔を見合わせてから、

「でも、うちの知っている人と違うと、いけまへんから」

と、小万が、遠慮がちに、いう。

「それでも、構いませんよ」

と、十津川が、いった。

「うちが知っているのは、升屋さんの奥さんですけど――」

と、小万が、いった。

「その升屋さんというのは、どういう人なんですか？」

と、十津川が、きいた。

「京友禅の老舗《しにせ》の家どす。確か、五代続いたお家やと、きいてますけど」

と、小万が、いった。

「京友禅の家ですか」

と、十津川は、つぶやいてから、

「今でも、この升屋さんは、京友禅を、作っているんですか？」

と、さらに、きいた。

「どうどっしゃろ？　うちは、知りまへんけど、今もちゃんと、升屋さんは、ありますえ」

と、小万は、いった。

「十津川さん、僕も一度、京友禅を、見に行きたいので、明日にでも、一緒に行ってみませんか？」

と、平松が、誘った。

翌日、二人は、升屋を見に行った。京都らしい、長細い家の造りだった。中庭があり、それに、工房がつながっている。

中では、京友禅を、作っていたが、そのほかに、体験教室というのも、開いていた。観光客に、簡単な、京友禅を教える教室だった。

暖簾《のれん》やハンカチなどを、用意された型を使って、仕立て上げる、材料費込みで教えてくれる、教室だった。

昼前だというのに、観光客らしい、五、六人が来ていて、教室で、京友禅の暖簾やハンカチを、作っている。

「われわれも、ここの奥さんに会う前に、京友禅を体験してみようじゃありませんか？」

と、平松が、十津川を誘った。

教えるのは、四十代に見える、この升屋の、細川という当主だった。

本格的な京友禅は、難しいので、教えてくれるのは、摺込《すりこみ》友禅という方法だけだった。

型紙を、布に当てて、手で摺り込んで、染める方法だった。この方法で、絹の風呂敷を作るのには、材料費込みで、一枚三千八百円だという。

二人は、まずそれに、トライしてみることにした。来ている観光客のほとんどは、女性だった。

その中で、男二人が、無地の風呂敷で、摺込友禅に挑んだ。

それを指導してくれる当主の細川に向かって、十津川は、それとなく、

「奥さんは、今日は、お留守ですか？」

と、きいてみた。

途端に、細川の顔が歪《ゆが》んで、

「うちの家内を、ご存じなんですか？」

と、きく。

「去年の夏、お会いしたことが、あるんですよ」

と、いうと、細川は、ポツリと、

「家内は亡くなりました」

と、いった。

十津川は、ビックリして、

「それは、申し訳ありません。何も知らなくて」

と、詫《わ》びた。

「いいんですよ。構いません」

と、細川は、表情を変えずに、いった。

昼過ぎまでかかって、十津川と平松は、何とか、一枚の風呂敷を、染め上げた。その風呂敷をもらって、二人は、升屋を出たが、

「彼女が亡くなっていたのは、驚きでした。どうして、急に、亡くなったんだろう？」

と、十津川は、いった。

「十津川さんらしい感想ですね」

と、平松が、いう。

「そうですか。こういうことになると、どうしても、知りたくなって、困ってしまいますよ」

と、十津川は、自分で苦笑した。

「十津川さんは、これから、どうするんですか？」

と、平松が、きく。

「どうするか、今、考えているところなんですよ。そうですね、しばらく、一人にしてくれませんか？」

と、十津川は、いった。

「それは、構いませんが。何か困ったことがあったら、僕の携帯に、電話をしてください」

と、平松は、いって、タクシーを拾うと、帰っていった。

十津川は、小川通を、ブラブラと歩いていき、近くの交番を見つけて、中に入っていった。

若い巡査が、一人でいた。

その巡査に向かって、十津川は、用意してきた、警察手帳を見せた。ビックリしている若い巡査に、

「この先にある升屋さんのことなんだが」

と、いった。

「ええ、あの升屋さんが、どうかしましたか？」

と、緊張した顔で、若い巡査が、きく。

「升屋さんの当主は、細川さんというんだがね。その奥さんが、去年亡くなったときいたんだが、知ってるかな？」

と、十津川が、きいた。

「ええ、もちろん知っています。私もこの土地の人間ですから」

と、巡査が、いった。

「その奥さんのことを、ききたいんだが、死んだのは、病気か何かだったのかね？　それとも、事故？」

と、十津川が、きいた。

「それですが――」

と、若い巡査が、いいよどんだ。

「別に、捜査で、調べているんじゃないんだよ。実は、友人が、あそこの奥さんの、知り合いでね。どうして、亡くなったのか、それを、友人に教えてやりたいんだ。もちろん、内密にするから、教えてくれないかね？」

と、十津川が、いった。

「実は、あそこの奥さん、自殺を、されたんです」

と、若い巡査が、いった。

「自殺？　いつ死んだんだ？」

と、十津川が、強い眼で、相手を見た。

「確か、去年の十月の、末頃だったと、思います」

「自殺の理由は？」

と、十津川が、畳みかけるようにして、きいた。

若い巡査は、また、当惑したような、表情になって、

「私は、ウワサでしか、きいていませんが」

と、いった。

「構わないから、そのウワサを、教えてくれ」

と、十津川が、いう。

「何でも、奥さんが、浮気をして、それが原因で、夫婦の間でケンカになって、それを苦にして、自殺されたということですが、これは、あくまでも、ウワサですから」

と、巡査は、いった。

「なるほどね。それで、奥さんというのは、どういう人だったんだ？　知っていたら話してくれないか？」

と、十津川が、きいた。

「西陣の、大きな問屋さんの、娘さんだということは、きいています。それが、あの升屋

さんの、五代目と、熱烈な恋愛関係になって、両親の反対を押し切って、あそこの細川さんと、結婚した。そんなふうにきいていますが」

と、若い巡査が、いった。

「亡くなった、奥さんの名前は、何というんだね？」

「確か、綾子さんと、きいています。糸偏《へん》の綾です」

と、巡査が、いった。

「子供は？」

「いなかったときいています。これもウワサですが、お子さんが、できなかったことが、浮気の原因だったみたいに、いう人も、いるようです」

と、若い巡査は、いった。

十津川は、その足で、京都府警の、木下警部に、会いに出かけた。

「今日は、木下さんに、ぜひ、教えて、もらいたいことがあって、それで来たんですよ」

と、十津川は、会うなり、いった。

「私に、何がききたいんですか？」

と、木下が、きく。

「中京区《なかぎょうく》の小川通に、升屋さんという、京友禅の家が、あるでしょう？　仕事場のほかに、観光客相手に、友禅染の教室を、開いているんですが」

と、十津川が、いうと、

「ああ、知っていますよ。京都でも、有名な店だから」

と、木下が、いった。

「あそこの奥さん、綾子さんといいましたっけ、その綾子さんが、去年の十月の末に、死んだ、それも自殺ということに、なっているそうなんですが、木下さんは、知っていましたか？」

「もちろん、知っていますよ。京都は、狭い町ですからね。たいていのことは、知っています。それに、京都の人間は、ウワサが好きだから」

と、木下は、笑った。

「その綾子さんの、自殺の原因なんですが、浮気をして、ダンナさんと、ケンカになって、それを苦にしての、自殺ときいたんですが、間違いありませんか？」

と、十津川は、きいた。

木下は、急に、十津川の顔を、のぞくように見て、

「十津川さんが、京都にいらっしゃった目的は、あの美人の奥さんの、自殺のことを、調べるためだったんですか？」

と、いった。

「いや、そうじゃないんですが、ちょっと気になりましてね。できたら、教えてもらいた

いんですよ。本当の自殺の原因は、何だったんですか？」

　と、十津川が、きいた。

「ウワサでは、今、十津川さんが、いわれたように、あの奥さんが、浮気をして、それで夫婦喧嘩《げんか》が、絶えなかった。それを苦にしての、自殺ということに、なっています」

「本当は、違うんですか？」

　と、十津川が、きいた。

「何しろ、夫婦の間の、ことですからね。本当のことなんて、わかりませんよ。ただ、あそこの奥さんは、亡くなった時、女盛りで、しかも、美人でしたからね。また、明るくて、人付き合いがよかったから、浮気のウワサも、ありました」

　と、木下は、いった。

「その浮気の相手ですが、東京の男ということは、考えられませんか？」

　と、十津川は、きいた。

「どうして、十津川さんは、東京の男と、あの奥さんが、浮気をしたと、思うんですか？」

　と、木下が、逆に、きく。

「いえ、ただ、そんなふうに、考えただけなんです。とにかく、私は、本当のことが、知りたいんです」

　と、十津川が、いう。

「どうなんでしょうかね。あの奥さんは、美人で、明るくて、交際範囲が広かった。それに、奥さんの実家は、西陣の大きな、問屋を、やっていましたからね。西陣は、この京都では、今も、一つの大きな力ですから、あの奥さんにも、当然ながら、業界内で力があった。ひょっとすると、そんなことも、奥さんの自殺に、関係しているのかも、知れませんよ」

　と、木下は、いった。

「今、西陣は、どんな具合になっているんですか？」

　と、十津川が、きいた。

　十津川は、今の不景気風を、まともに受けて、大変だと聞いていたのだが、本当のことを知りたかったのだ。

「そうですね。昔ほどの力は、ありませんが、それでも、いろいろと、研究したり、工夫したりして、西陣の復活を、図っています。あれだけの、伝統があるし、また、新しい西陣を、作ろうという意欲も、ありますからね。必ず、以前のような力を、取り戻すと、私は、信じています。そうでないと、京都が、寂《さび》れてしまいますから」

　と、木下は、いった。

「実は、今日、升屋さんに行って、京友禅の、勉強をしてきたんです。そこで、きいてきたんですが、友禅染を、着物だけではなくて、今は、京友禅を使ったTシャツやアロハシヤツなんかもあるそうで、それを、見せられましたよ」

と、十津川が、いうと、

「西陣も同じように、さまざまな方向に、発展しているんです。確か、パリコレでも、向こうのデザイナーが、西陣織を使った、新しいドレスを発表するということもきいていますからね。西陣だって、このまま、滅びてしまうとは、とても思えない」

と、木下は、いった。

「それで、元の話に、戻るんですが、升屋さんの奥さんは、どんな形で、自殺したんですか？」

と、十津川が、きいた。

「店の高い梁《はり》で、首を吊《つ》って、死んだんですよ」

と、木下は、いった。

「その時、ご主人の、細川さんは、どうしていたんですか？」

「確かあの時は、細川さんのほうは、京友禅の宣伝のために、東京に、行っていたんです。帰ってきてみたら、奥さんが、そんな形で死んでいた。遺書もあったと、いいます。だから、自殺であることは、間違いないと思いますがね。しかし、その遺書は、ご主人が、発表しなかった。といっても、それを責めることは、できませんけどね」

と、木下は、いった。

「遺書があっての、自殺なんですか？」

「そうですよ」

「しかし、その遺書を見たのは、夫の細川さんだけなんでしょう？　あそこは、お子さんが、いらっしゃらないようですから」

と、十津川は、いった。

「そうです。遺書を見たのは、夫の細川さんだけです」

と、木下が、答える。

「となると、その遺書に、何が書いてあったのか、それは、わからないままですか？」

「ええ、わかりません」

「警察は、別に、疑いを持たなかったのですか？　どうしてですか？」

と、十津川は、きいた。

「それは、現場に、不自然なところが、なかったからです」

「どんな風にです？」

「死体が発見された時、家は、内側から、カギが掛かっていましたし、遺体に、暴行を受けたような傷も、ありませんでしたからね。あれは、間違いなく、自殺ですよ。ただ、問題の遺書を、夫の細川さんが、誰にも見せなかったので、それでいろいろと、ウワサが出たんですよ。浮気を苦にしてというのも、そのウワサの、一つです」

と、木下は、いった。

「他殺の線は、まったくなしですか？」

と、十津川は、きいてみた。

木下は、目をむいて、

「どうして、誰が、何のために、あの奥さんを、殺すんですか？」

と、怒ったように、いった。

「はっきりした自殺の原因は、見つかっていないんですか？」

と、十津川は、きいた。

「そうですね。ほかにも、こんな話があります。去年の十月末に亡くなったんですが、その前年の暮れに、実家のお母さんが、亡くなっているんですよ。確か、七十代だったはずですが、とても、優しい母親だったので、突然のその死に、ショックを受けていた。それで、後追いのような形で、自殺をしてしまったのではないか、そういう話も、あるんです」

と、木下は、いった。

十津川は、今の木下の話で、六道参りのことを、思い出した。

去年の八月のお盆の頃、十津川の探している北村と、問題の奥さんの二人は、六道さんに、参拝している。そのことから、十津川は、彼女の親しい人が、亡くなったのだろうと、想像していたのだが、木下の話で、母親が死んだということが、わかってきた。

自分のことを、とても可愛がっていた母親が急死したのだから、次の年のお盆の時に、その精霊を迎えに、六道さんに、行ったとしてもおかしくはない。

「ところで、葛西弁護士殺しの犯人が、捕まりましたよ」

と、木下が、話を変えた。

「それは、おめでとうございます。よかったですね。どんな犯人だったんですか？」

と、十津川が、きいた。

「犯人の名前は、吉田登です。年齢は二十五歳。今日、警察に、出頭してきたんですよ」

と、木下は、いった。

「自首してきたんですか？」

と、十津川は、ちょっと、拍子抜けしたように、いった。

「そうです。出頭してきましてね。自分が殺したというので、逮捕して、今、事情をきいているところです」

「それで、自供の信憑《しんぴょう》性は、どうなんですか？」

「この男のいい分は、葛西弁護士殺害の時の状況と、ピッタリ、一致しては、いるんですが」

と、木下は、語尾を濁した。

「何か、信用できないところが、あるんですか？」

「実は、この男なんですが、元は暴力団員で、S組の組員だったんです。五条実篤の、別邸に押しかけてきた、二人の男と、同じです。現在は、破門されているというんですが」

と、木下が、いった。

「小万ちゃんの誘拐に、絡んでいた男がいましたね。小林といいましたか。マンションの火事で、焼死してしまった。あの男も、チンピラということでしたが、S組と関係があったんじゃありませんか？」

と、十津川が、いった。

「その通りなんです。暴走族時代から、S組の使い走りを、していたことが、分かりました。ひょっとして、替え玉じゃないか、そんな声も、府警本部には、あるんです」

と、木下が、いった。

「それで、その男は、葛西弁護士を、なぜ殺したと、いっているんですか？」

と、十津川が、きいた。

「その男は、以前、女性に対する暴行で、逮捕されたことが、あるんです。その時、葛西弁護士に、弁護を頼んだら、にべもなく、断られた。これは、一年前の話なんですが、そのことが今でも、悔しくて仕方がない。それで、葛西弁護士を、殺してしまった。そういっているんです。確かに、去年、この男は、女性に対する暴行で、逮捕はされているんです」

と、木下は、いった。

「一応、辻褄《つじつま》は、合っているということですか？」

「それだけに、どうしたものか、半信半疑でいるんですよ」

と、木下は、正直に、いった。

その後で、木下は、

「ねえ、十津川さん。本当のことを、話してくれませんかね？」

と、いった。

「本当のことって、何ですか？」

「上のほうからは、警視庁から、十津川という警部が来るので、いろいろと、便宜《べんぎ》を図るようにと、いわれているのですが、なぜ、十津川さんが、京都に来たのか、その理由は、きいていません。十津川さんは、お茶屋さんでの遊びを、楽しんでいるようですが、本当は、どうなんですか？」

「別に、ウソは、ついていませんよ。楽しんで遊んでいます。お茶屋さんも楽しいし、ほかの遊びも、楽しい」

と、十津川は、笑った。

「しかし、十津川さん。今日は突然、中京の、升屋さんの、奥さんのことを、きいたりしてるじゃありませんか。まさか、あの奥さんのことを、調べるために、京都に、来たわけじゃないんでしょう？　そんなことなら、十津川さん自身が、来なくても、京都府警のほうに、照会してもらえれば、すぐにわかることですからね」

と、木下が、いう。

その顔は、真剣だった。

第十一章　西陣ムラ

京都市を訪れる観光客は、年間で四千万人以上といわれている。

十津川は、別に、観光に来ているのではないが、しかし、京都からみれば、単なる観光客に、過ぎないだろう。

また、十津川が、今探している北村真という男にしても、他所《よそ》者という意味では、観光客の一人と別に変わったところはない。

「四千万人の一人か」

と、十津川は、つぶやいた。

あまりにも小さな、一人でしかない。そんな一人が、京都の市内で、行方不明になったとしても、誰もそれを、気に留める者は、いないのではないか。

小さな観光地なら話は別だが、この京都では、四千万分の一の一人が、いなくなったとしても、必死になって探してくれる人間が、いるとは、思えなかった。

だが、十津川は、その一人である北村真を探さなくてはならない。

その手がかりは、失踪した北村が、東京に送った二通の手紙だけだった。

その手紙には、

「今、和服の似合う京美人と、つき合っている」

とだけ、書かれ、その女性の名前も、住所も、書かれては、いなかった。

もう一つの手紙には、

「夏目漱石と同じような失敗を、自分はしたが、しかし、うまく、彼女とは知り合えて、デートしている」

と、書かれてあった。

その女性が、どうやら、細川綾子という名前であることが、わかった。

彼女が、京友禅の家の、奥さんであることもわかったが、しかし、彼女は、すでに去年の十月末に、自殺してしまっていた。

今のところ、その自殺の理由もわからないし、彼女とつき合っていた北村真が、今どこにいるのかも、いぜんとして、わからない。

京都府警に、協力を要請すれば、いちばんいいことは、確かだが、しかし、北村真という名前も、もちろんいえないし、なぜ、十津川が今、この男を、探しているのか、その本当の理由を、いうこともできないのだから、捜査協力を、要請することも、難しかった。

いわば、両手を縛られて、事件の捜査をしているのと同じだった。

十津川は、平松と一緒に、お茶屋に行った時、同席した後楽老人に、

「西陣の旦那というのは、どこで、遊ぶもんですか？」

と、きいてみた。

「西陣の旦那衆なら、おそらく、上七軒で遊ぶだろう。上七軒は、西陣にあるからね」

と、後楽老人が、教えてくれた。

「こちらの、祇園甲部のお茶屋では、遊ばないんですか？」

「ここは、少し遠い。それに、昔から、西陣の旦那衆は、上七軒で遊ぶものと相場が決まっているんだ。身請けをするにしても、上七軒の舞妓に、だいたい、決まっているんじゃないかね。この祇園甲部のほうは、お客の中に、政治家の偉い先生なんかが、いたりするから、西陣の旦那衆は、敬遠しているといわれている」

と、後楽老人は、いった。

「今度は、西陣の旦那衆とつき合いたいんですか？」

と、平松が、笑いながら、きいた。

「いや、つき合いたいというのではなくて、西陣の旦那衆というのは、いったい、どんな遊びをしているのか、それが知りたくてね」

と、十津川が、いった。

「じゃあ、上七軒に、行ってみるのが、いちばんいいんじゃないか。あそこに行けば、何となくわかるだろう。どうしても、上七軒のお茶屋で遊びたいというのなら、私が案内してあげよう。私は、京都のどこの、お茶屋でも、顔が利くからね」

と、後楽老人は、自慢そうに、いった。

「お願いします。今度、連れていってください」

「その代わり、あんたのおごりだ」

「もちろん、わかっていますよ」

「それから、小万には、黙っていたほうがいい。京都の花街というのは、対抗意識が、強いからな」

その二日後、後楽老人の案内で、十津川は、上七軒のお茶屋に、上がった。

芸妓一人に、舞妓一人、それに、三味線を弾く地方《じかた》がいて、祇園甲部のお茶屋と、同じような、遊びになった。

しばらくして酒が回ったところで、十津川は、菊乃という芸妓に、北村真の写真を、見せた。

「この人が、遊びに来たと思うんだが、覚えていないかな？」

と、十津川が、菊乃に、きくと、彼女は、しばらくの間、黙って、その写真を見ていた

が、

「どうしたもんどっしゃろか？」

と、後楽老人に、きいた。

老人が、首を伸ばして、

「何が？」

と、きく。

「お客さんの秘密、口にしてええんどっしゃろか？」

と、菊乃が、いった。

老人は、

「どれどれ」

と、いいながら、菊乃が持っている写真を手に取って、十津川に、向かって、

「この人を探しているのかね？」

と、きいた。

その口調は、おだやかだが、言外に、お茶屋に来て、不粋なことを持ち出すなという、軽い非難が感じられた。

「そうなんですよ。この人は、私の先輩でしてね。東京で会った時、京都でお茶屋遊びをして、楽しかったというので、どこのお茶屋さんに、行ったのか、それを知りたくて、き

いてみたんです」

と、十津川は、嘘をいった。

「それなら、教えてやっても、いいんじゃないか」

と、老人は、菊乃に、いってくれた。

菊乃は、うなずいて、

「このお客はんなら、二度ばかし、お座敷に呼ばれていますえ」

と、いった。

「この人だがね、今もいったように、僕の先輩なんだけど、この上七軒のお茶屋で、何でも、西陣の偉い人と会って、一緒に遊んだというんだ。君が呼ばれた時、その西陣の、偉い旦那さんと一緒に、この人は、遊んだんじゃないのかな？」

と、十津川が、きいた。

「また、どすか？」

と、菊乃は、ちょっと眉《まゆ》をひそめた。

後楽老人が、また二人の間に、割って入ってきて、

「あんたは、何を調べているのかね？」

と、十津川に、きいた。

「だから、いったでしょう、僕の先輩が、ここで、楽しい遊びをした。その遊びを、僕も

してみたいんですよ。先輩によると、この上七軒で、西陣の偉い旦那と一緒に、遊んだといっているんです。ですから、その偉い旦那さんと、知り合って、僕も一緒に遊びたいんですがね」

と、十津川が、いった。

後楽老人は、

「偉い旦那さんか」

と、十津川に向かっていってから、菊乃には、

「まあ、そんなことぐらいなら、教えてやってもいいだろう」

と、いった。

菊乃は、それでも、まだしばらく迷っているようだったが、

「うちが、その写真のお客はんと、一緒になった時、その席にいらしたのは、西陣の、倉田はんどす」

と、やっと教えてくれた。

後楽老人は、うなずいて、

「なるほどね。倉田さんなら、西陣の中でも大旦那だ。その人と一緒に、上七軒で遊んだというのなら、あんたの先輩も、なかなかやるじゃないか」

と、十津川に、いった。

「そんなに偉い、旦那さんなんですか？」

「偉いかどうかは知らんが、大きな店の旦那だよ」

「その倉田さんですが、ひょっとして、去年の十月に、自殺した、細川綾子さんの、お父さんではありませんか？」

と、十津川は、きいてみた。

後楽老人は、ふいに、険しい表情になって、

「あんたは、いったい何を、調べているんだ？　せっかく、上七軒の花街に来たというのに、何でそういう不粋なことばかり、きくのかね？」

と、いった。

「別に、そういうことに、興味を持っているわけではないんですが、先日、京友禅の店に行って、京友禅の話を、きいたんですよ。そうしたら、たまたま、そこが細川さんの店で、奥さんの細川綾子さんが、去年の十月に亡くなったということをきいたんで、それをふと、思い出しましてね」

と、十津川は、いった。

「どうなの？」

老人が、菊乃に、きいた。

「へえ、確かに、そちらのお客はんが、いう通り、倉田はんは、亡くなった細川綾子はん

の、お父さんどす」

　と、菊乃が、いった。

「倉田さんは、今、どうしているのかな？　何か、ウワサをきかないかね？」

　後楽老人が、菊乃に、きいた。

「倉田はんどすけど、今、昔の能装束に倣って、現代の新しい能装束を、西陣で織ってみせると、いうてはります。そやさかい、その研究に、一生懸命なんと、ちゃいますやろか？」

　と、菊乃が、いった。

「新しい能装束ねえ。難しいことを、やっているんだ」

「能装束って、そんなに、難しいものですか？」

　と、十津川が、きいた。

「そりゃあ、難しい。何しろ、二百年も三百年も残るようなものだからね。そう簡単には、織れないよ。帯は百年だが」

　と、老人は、いった。

「つまり、それだけの技術を、持っていることになりますね？」

「その通り。あんたもなかなか、いいことをいうな。だから、西陣は、絶対に、滅ぼしてはいかんのだ」

老人は、力を込めて、いった。

「何とか、倉田さんという人に、会えませんかね？」

十津川は、老人を見て、それから、菊乃を見た。

「どうして、会いたいんだ？」

と、老人が、きく。

「最初にいったように、私の先輩が、一緒に、遊んだ人ですからね、その人から、本当の京都の遊びを、教えてもらいたい。そう思っていましたが、今、後楽先生からきいたら、その倉田さんという人は、何百年も残るような、能装束を作りたい、そういって、いるんでしょう？　そうした技術にも、私は、興味があるんですよ。だから、その話も聞きたい。それだけの気持ちです」

と、十津川は、いった。

「倉田さんだが、時々、お茶屋に来るのかな？」

老人は、菊乃に、きいた。

「へえ、時々、お友だちを連れて。やはり、お茶屋は、気晴らしになるといわはって」

と、菊乃は、いった。

「それなら、倉田さんが、お茶屋に来る時を、教えてくれないか？」

と、老人は、いった。

それから三日して、後楽老人から、十津川に、電話がかかってきた。

「明日、例の上七軒のお茶屋に、来ないか？」

と、老人が、いう。

「その時、例の倉田さんに、紹介していただけるんですか？」

「それは、約束できん。ただ、明日、あのお茶屋で、倉田さんが、仲間と一緒に、お茶屋遊びを楽しむと、きいたんだよ。いきなりは、紹介できないが、とにかく、明日、同じお茶屋で、遊んでいれば、顔を合わすかも、知れない。その時、何気なく、あんたを、紹介してあげたいと思ってはいるんだ」

と、老人は、いってくれた。

翌日の夜になって、十津川が、先日行った上七軒のお茶屋に行くと、後楽老人が、先に来ていた。

「まあ、上がりなさい」

と、老人はいい、さっさと二階に、上がっていった。

部屋には、先日と同じように、芸妓一人と舞妓一人が、呼ばれていた。

「倉田さんは、どこにいるんですか？」

と、せっかちに、十津川が、きくと、老人は、笑って、

「そんなに、急《せ》くものじゃない。まだ、倉田さんの一行は、来ていない。そのうちに来る

だろうから、何気なく、会うようにしてみせるよ」

と、いった。

酒を飲み、芸妓と舞妓の舞を、見ていると、お茶屋の女将が、上がってきて、そっと、後楽老人に、耳打ちした。

老人は、十津川を見て、

「倉田さんの一行が、来たらしい。この隣の部屋で、酒宴を始めると、いっていた」

と、いった。

「うまく、知り合うきっかけが、できるでしょうか？」

と、十津川が、心配して、きくと、

「どうなるか、予想はできないがね、まあ、何とかなる」

と、老人は、頼りないことを、いった。

そのうち、隣の部屋から、にぎやかな三味線や、唄が、きこえてきた。

十津川は、トイレに立ったとき、それとなく、隣の部屋の様子を、うかがうと、何人の客が来ているのかは、わからなかったが、芸妓と舞妓が数人、来ているらしい。それだけ、にぎやかだった。

しかし、隣の襖《ふすま》を開けてのぞいてみるわけにもいかず、部屋に戻ってくると、老人が、

「女将さんが紹介してくれるらしい」

と、いった。

「そんなことをして、いいんですか？　不粋だと嫌がられるんじゃ、ありませんか？」

と、十津川が、心配してきくと、

「どうやら、向こうのお客の中に、私の知っている清水焼の名人が、いるらしいんだ。その男に声をかけることにして、向こうの座敷に入って行こう。それなら、自然に、話に入れるんじゃないかな」

と、老人は、いった。

「大丈夫でしょうか？」

「それは、あんた次第だ」
十二、三分して、女将さんが顔を出して、
「どうぞ」

と、後楽老人に、いった。

女将さんに案内されて隣の部屋に入ると、そこには、和服姿の客が五人ばかり、それと、芸妓と舞妓合わせて、十人ぐらいがいた。

十津川は、その客の中に、五条実篤を発見して、おやッと思った。

後楽老人のほうは、五条には見向きもせず、客の中の一人で、六十五、六歳ぐらいの男に、

「いやいや、上七軒にも、足を伸ばしているのか。これは驚いた」

と、声をかけ、

「どうだい、隣の部屋で遊んでいるんだが、よかったら、一緒にならないかい？」

と、いった。

その相手が、恰幅《かっぷく》のいい、もう一人の男に、目をやった。

どうやら、それが、倉田という男らしかった。

倉田は、おうように、

「構わんでしょう。そちらさえよかったら、一緒に、遊びましょう」

と、いってくれた。

十津川と後楽老人が、一緒になり、芸妓と舞妓も、一緒になって、盛大な酒宴になった。

後楽老人のほうは、自分の知り合いと、楽しそうに、騒いでいて、一向に、十津川に向かって、倉田という西陣の旦那を、紹介してくれる様子はない。

仕方がないので、十津川は、倉田と思われる男の前に行って、

「東京から遊びに来ている、十津川といいます。不馴れですので、ぜひ、京都の遊びを、教えてください」

と、声をかけた。

相手は、六十代に見える顔で、五人の中では、人一倍、体が大きく、どっしりとしてい

た。

その男は、微笑して、

「西陣の、倉田といいます。こちらこそ、よろしくお願いしたい」

と、いって、十津川に、杯を勧めた。

すぐに、北村真のことを、きくことは、憚《はばか》られたので、十津川は、しばらくの間、倉田に、京都の感想などを話していた。

倉田は、おだやかに、

「ああ、なるほど」

と、うなずきながら、きいていたが、

「十津川さんは、いつまで、京都にいらっしゃるのですか？」

と、いった。

「実は、しばらくの間、京都にいて、京都の遊びを、勉強しようと、思っているんですよ。また、倉田さんと、一緒になることが、あるかも知れませんから、その時は、よろしく、お願いします」

と、十津川は、頭を下げた。

「今時、京都の遊びを、勉強しようなんて、風流なものですなあ」

と、倉田は、笑いながら、

「もう、贔屓《ひいき》の、芸妓か舞妓でも、できたんと違いますか？」

「残念ながら、まだできていません。先日は、ここで、菊乃さんという芸妓さんと、知り合いましたが」

と、十津川は、いった。

「ああ、菊乃ね。あれは、さばけていて、いい芸妓だ。どうか、贔屓にしてあげてくださいよ」

と、倉田は、いう。

「その菊乃さんに、きいたんですが、私の先輩が、倉田さんと一緒に、お茶屋遊びを、していたみたいなんです」

と、十津川は、いってみた。

倉田は、えッという顔になって、

「誰どっしゃろ？」

と、きいた。

その時、急に、五条実篤が近づいてきて、

「やあ、君は確か、東京から来た十津川さんじゃないか」

と、声をかけてきた。

「また、会いましたね」

と、十津川のほうも、五条実篤に向かって、いった。

相変わらず、眼の鋭い感じがする。

「君は確か、祇園甲部のお茶屋で、遊んでいたんじゃなかったかね？　それがどうして、この上七軒のほうまで、出ばってきたのかね？　ひょっとして、こちらに、誰か、贔屓の芸妓でも、見つけたのかね？」

と、五条は、いい、十津川が、笑っていると、

「まあ、私の杯を受けてくれ。上七軒の酒も旨《うま》いぞ」

と、いいながら、手に持っていた杯を、強引に、十津川の手に持たせた。

すかさず、そばにいた芸妓が、その杯に酒を注ぐ。

「さあ、乾杯だ。これから君も、この上七軒で、遊ぶというのなら、ここの酒も、飲まなきゃいかんぞ」

と、五条は、いった。

十津川は、勧められるままに、杯を空けたが、もともと、酒に弱い十津川だから、すぐに酔ってしまい、倉田との話は、自然に、断たれてしまった。仕方なく、

「もし、名刺を、お持ちなら、いただけませんか？　いつか、倉田さんのところに、うかがいたいのですが」

と、十津川は、いった。

「残念ですが、こういうところには、名刺を持ってきません」

と、倉田が、急に、冷たい口調で、いった。

それに合わせるように、五条実篤が、

「そうそう、こんなところで、名刺交換なんて、野暮ったいことは、しなさんな」

と、叱るように、十津川に、いった。

宴会が終わって、十津川たちは、別にタクシーを呼んでもらった。

それに、二人で乗って、上七軒を出た。

「先に、後楽先生を、お宅までお送りしますよ」

と、十津川が、いうと、

「あんたもよく、金が続くね。祇園甲部で遊んで、今度は、上七軒か。どんな、金持ちなんだ？」

と、老人が、きいた。

十津川は、笑って、

「私自身は、金持ちではありませんが、スポンサーがいるんですよ」

と、いった。

「遊びに、金を出してくれるスポンサーか。あんたも、なかなかいい、スポンサーを、捕まえたもんだな」

と、老人も、笑ってから、

「それで、今日は、どうなった？　西陣の倉田さんに、何か、いろいろと、きくことができたのか？」

と、いった。

「それが、うまくきけませんでした。向こうも、何か、用心しているようでしたし、五条実篤さんが、じゃまをしましてね」

と、十津川が、苦笑すると、

「五条実篤が、また、じゃまをしたか」

「あの人と、西陣の人とは、どういう、関係なんでしょうか？」

と、十津川が、きいた。

「あの五条実篤は、どんなところにでも、必ず、顔を出す男だよ。そして、西陣だろうが、お茶屋だろうが、政財界だろうが、京都にはどこにでも、知り合いがいて、ある程度の力を持っている。まあ、いってみれば、京都の怪物みたいなもんだ」

と、老人は、笑った。

「そんなに、五条実篤という人は、力があるんですか？」

「力があるというよりも、コネがある。政治家にもね。だから、みんな、怖がっているんだよ」

と、老人は、いった。

「コネというよりも、何か、相手の弱みを握っているんじゃ、ありませんか？」

「刑事のような、見方だな」

と、老人が、いう。

十津川は、えッという顔になって、

「たいていは、そんなもんですよ。弱みを握られているから、頭が上がらない。そんな感じがするんです。今夜会った、西陣の倉田さんも、ひょっとして、五条実篤に、何か、弱みを握られているんじゃありませんか？」

「そんなことは、私にもわからん」

「明日、直接、西陣の、倉田さんの家に行ったら、会ってもらえますかね？」

「それは、無理だろう」

と、老人が、あっさりと、いった。

「どうしてですか？」

「西陣というのはね、昔、西陣ムラといわれていたんだ。つまり、それだけ、結束が固いということだね。どんなに偉い人が、訪ねて来ても、一見《いちげん》の客は、絶対に家には、入れない。それだけ、格式が高いということでもあるんだよ。だから、明日、あんたが突然、訪ねていっても、倉田さんは、家には入れてくれないと、私は思うがね」

と、老人は、いった。

「家にも、入れてもらえませんか？」

「ああ、今日、あんたとお茶屋で会ったが、あんたがどんな人間なのか、向こうは、まったく知らないわけだから、絶対に上げないと、思うよ。だから、西陣ムラなんだ」

と、老人が、笑った。

「じゃあ、どうやったら、倉田さんの家に、上げてもらえるんですか？」

「どうしても、倉田さんの家に、遊びに行きたいのか？」

「そうですよ。行って、いろいろと、西陣のことを、ききたいんですよ」

と、十津川は、いった。

「どうしても行きたいというのなら、三日待ちなさい」

と、老人が、いう。

「どうして、三日待つんですか？」

十津川が、きくと、老人は、笑って、

「日本という国は、根回しが、必要だ。京都という古い町では、特に、それが、必要なんだよ。それには、最低でも、三日はかかる」

と、いった。

「しかし、後楽先生だって、あの倉田さんという人とは、それほど、親しくはないんでしょう？」

「ああ、親しくはない」

「それなのにどうして、三日待てば、何とかなるんですか？」

「今夜のお座敷に、私の友だちがいた」

「ええ、知っていますよ。お二人の様子を、見ていましたから」

「あの男は、別に西陣の人間ではない。あの男は、焼物を作っている。清水焼の名人だ。そのほうじゃ、ちょっと有名な男でね。西陣の旦那というのは、いわゆる道楽者で、いろいろなことを、勉強している。義太夫の勉強もすれば、新内《しんない》もやり、生け花もやる。それで、あの男と、倉田さんとは、焼物を、通じての知り合いだろうと、思っているから、まず、私があの友だちに話をつけ、それから、あの友だちから、倉田さんに、話をつける。そうすれば、あんたを三日目に、倉田さんに、紹介してやることができるはずだ」

「ずいぶん、面倒なもんですね」

と、十津川が、いうと、

「京都という町は、そういうもの。簡単に、まっすぐにはいかないんだ。ゆっくりと回り回って、やっと、知り合いになれる。しかし、そのほうが、円滑にいくんだ。あんたも勉強したまえ」

と、老人は、偉そうに、いった。

「じゃあ、お願いします」

と、十津川は、老人に、委《まか》せることにした。

きっちり三日目に、後楽老人から、電話がかかった。

「今日、私の友人と一緒に、西陣に行く。あんたも来なさい」

と、いった。

「じゃあ、倉田さんに、紹介してもらえるんですね？」

「どうも、せっかちで、いかん。あんたは、お茶が、好きか？」

「お茶は好きですが、茶道については、知りません」

「まあ、知らなくてもいいが、一応、お茶に興味を持って、東京から京都に、お茶の勉強に来ている、そういうことに、しておきなさい」

と、老人は、いった。

「どうして、そうしなくては、いけないんですか？」

「私の友だちが、西陣の倉田さんに、頼まれていた茶碗が、できあがって、それを、持っていくんだ。倉田さんのほうは、私たちを、お茶席に招待してくれることになっている。あんたは、私たちと一緒に、それに参加するんだ」

と、老人は、いった。

十津川は、後楽老人と、もう一人、清水焼の名人だという友だちとは、途中で会って、タクシーで、倉田の家に行くことにした。

しかし、そのタクシーが、西陣に向かっていないので、十津川が、

「行き先が、違うんじゃありませんか？」

と、後楽老人に、きくと、

「今日は、別宅のほうに、呼ばれているんだ。西陣の家というのは、たいていは、ウナギの寝床みたいなものだが、どの旦那も皆、別宅を持っている。今日は、そっちに、呼ばれているんだよ」

と、彼は、いった。

その別宅は、鴨川沿いに、あった。和風の二階建てで、西陣の、ウナギの寝床とはまったく、違っている。

門を入っていくと、玄関には、四十代の女性が、迎えに出てくれた。和風の似合う、どこか、玄人っぽい女性で、どうみても、倉田の奥さんには、見えなかった。

京都では、男が、舞妓を身請けするのは、ステータスだと、いうことだから、迎えに出てくれた女性も、そうした女性かも、知れなかった。

倉田は奥にいて、すぐ、茶室に案内した。十津川は、茶の作法を、知らないので、もっぱら、後楽老人の、真似《まね》をすることにした。

老人の友だちが作った、茶碗が、披露されて、しばらくの間、茶器に関する話題で、盛り上がった。

十津川は、茶器を、どう誉めていいのかわからないので、もっぱら、きき役に回っていた。

それから、茶菓子が出て、くつろいだ雰囲気になった。

後楽老人が、十津川を紹介して、

「この人は、十津川といって、東京の人なんですが、京都に、遊びというか、京都の文化を勉強しに、来ているんですよ。当然、西陣の勉強もしたい、そういうので、よかったら、教えてやってください」

と、倉田に、いった。

「今、後楽先生の、いわれた通りなので、何とか、西陣の勉強を、させてください。織物ができる過程も、見たいし、今、どんなものが、西陣で織られているのか、それも、ぜひ見たいのです」

と、十津川が、いった。

「本当に、京都に、西陣の勉強に、来たはるんどすか?」

と、倉田が、じっと、十津川を見た。

「そうです。勉強しに、来ているんですよ。帰りには、西陣の帯でも、家内に、買ってやりたい、そう思っているんですが」

と、十津川は、いった。

「それなら、遊びに来てくださってもいいが、しかし、今は忙しいので、本当のお相手は、できないかも知れん」

と、倉田は、用心深く、いった。

「それでも、いいんです。工房を、見せて、いただければいいんですよ」

と、十津川は、いった。

何とか、近づきになって、北村の消息をつかみたい。

倉田のいい方は、遊びに来てもいいが、しかし、歓迎はしないというような、ニュアンスにきこえた。

「京都というのは、新しいものと、古いものとが、共存しているときいたんですが、西陣なんかも、新しい技術を、取り入れているんですか？」

と、十津川は、きいてみた。

その質問は、どうやら、倉田が話したいことと、合致しているらしく、彼は、急に、ニッコリすると、

「実は、私の甥が、技術の勉強に、フランスに行っていましてね。現在、膨大な織物の設計をコンピュータでやるようになりました。何でも、アメリカの、ＮＡＳＡでも使ってい

るミニコンピュータという機械らしくて、そのコンピュータで、本来なら、何時間もかかるような織物の工程が、一瞬で、できるようになりましてね。時間が、かなり短縮できています。うちも、今まで通りのことをやっていたのでは、大企業には、太刀打ちできませんから、コンピュータを、取り入れてやっているんですよ」

と、自慢そうに、いった。

「西陣の仕事も、コンピュータで、操作できるようになったんですか？」

感心して、十津川が、きくと、

「そうです。特に、複雑な織物は、手作業ですと、何年も、かかります。それを、コンピュータを使うと、十年かかるところを三年でできますから、便利な世の中に、なったもんどす」

と、倉田は、いった。

「それなら、東京の、大きなアパレルメーカーと、西陣とが協力して、新しいものを、作ることもできますね」

と、十津川は、いった。

「しかしなあ、うちらは、安物を作る気は、まったく、ありまへん」

と、倉田が、いった。

十津川は、首を横に振って、

「東京の大手のメーカーだって、最近は、安物を作る気は、ありませんよ。安ければいいというのだったら、中国に、まったく、歯が立ちませんからね。だから現在、東京の大手のアパレルメーカーも、高くて、高級なものを、作る気でいるんですよ。それが、たとえば、西陣のような、伝統のあるものなんです」

と、十津川は、いった。

「そうですか」

と、いったものの、倉田は、あまり、興味のなさそうな顔で、

「うちは、今の仕事が、精一杯で、大手の繊維のメーカーと一緒にやる気は、まったく、ありまへん」

と、いった。

ちょっと険悪な空気に、なったのを察してか、後楽老人が、口を挟んだ。

「十津川君、あんたは、こんなところで、商談を始める気かい？」

「そんな気は、ありませんが、現在の西陣がどうなっているのか、それを知りたいだけですよ」

と、十津川が、いった。

「それにしても、お茶の席で、話すようなことではない。そんな話は、またにしたら、どうだね？」

と、後楽老人は、いった。

別宅を、あとにした後、後楽老人は、十津川を誘って、夕涼みがてら、鴨川の土手を、歩いた。

「どうも、私には、あんたという人間がわからんね」

と、歩きながら、老人が、いった。

「上七軒のお茶屋に、行きたいといったり、今日のような、お茶の席で、突然、仕事の話を、始めたり。あんたは、いったい何を、企《たくら》んでいるのかね？」

「私は、何も、企んではいませんよ。京都の何もかもが、知りたいんですよ。お茶屋遊びも知りたいし、西陣がどんなところかも、知りたいし」

と、十津川が、いった。

「どうも、わからん」

と、老人は、独り言のように、同じことを、口にした。

「何が、わからないんですか？」

「あんたの正体だ。平松君のほうは、本気で、京都の遊びを、習いたいんだと、私は思っている。しかし、あんたのほうは、どうも違うね。本当に遊びを習いたいのなら、もっと、落ち着いて、習うものだ。しかし、あんたは、何か焦っている。そんな気がして仕方がない」

と、老人は、いった。

「今日行った別宅ですが」

と、十津川のほうから、話題を変えて、

「あそこにいた、きれいな女性は、倉田さんの、正式な奥さんじゃ、ありませんね？」

「昔、あの人は、小雪さんといった」

「やっぱり、そうですか。きれいな人ですね。奥さんは、いらっしゃるわけでしょう？」

「もちろん、いるさ。しかし、そういうことは、口には出して、いわないものだ。奥さんだって、そのことは、わかっている。それが、京女と、いうものだよ」

と、老人は、いった。

「前に、後楽先生は、西陣は、ムラだといいましたね？　あれ、どういう、意味なんでしょうか？」

と、十津川は、きいた。

「京都には、たくさんムラがあるんだ。西陣ムラもあるし、祇園ムラもある。それが、よそから来た人には、わからない。それで、たいていの観光客が、京都は、よくわからないというんだ。しかし、その裏にいる人間にとっては、周囲がすべて、知り合いだから、こんなに、居心地のいいところはないんだよ」

と、老人は、いった。

その顔は、京都人の顔だった。

「それは、血縁関係者が、集まっているからですか？」

「それに、徒弟制度というものがある。親方から、ずっと習っていて、師弟関係が、できている。それに、血縁関係が、加わるから、一つのムラになるんだね。だから、あんたが西陣を見に行っても、簡単にはその中には入れない。入るのは、大変だよ」

と、老人は、いった。

「今、西陣の状況は、大変だときいたのですが、本当は、どうなんですか？」

と、十津川が、いった。

「確かに、三万台あった、機織《はたお》りの機械が、今では八千台になってしまっている。あんたのいう通り、西陣は今、危機に、直面しているんだ。しかし、旦那衆に会うと、誰もが、意気軒昂《けんこう》としているね。それだけ、西陣に誇りを持っているんだ。つまり、西陣織こそ、究極の織物だという、自負だ。西陣の織物というのは、世界的に受け入れられる、そういう自信があるからこそ、あの旦那衆は、きっとへこたれずにいるんだよ。だから、西陣のことをあまり軽く見ていると、必ず痛い目に遭う。あんたが、西陣に、何を望んでいるのかは、わからないが、軽く見ていると、今いったように、間違いなく失敗する」

と、老人は、諭すように、いった。

「だとすると、東京の、大手アパレルメーカーと、この京都の西陣と、手を結ぶことは、可能でしょうか？　私は、それを、知りたいんですが」

と、十津川は、いった。

「しかし、茶席で、そんなことを、いってはいけないなあ。倉田さんは、不愉快そうな顔を、していたじゃないか」

と、老人が、いう。

「それは、私が、悪かったと思っています。しかし、何とかして、知りたいんですよ。京都の西陣が、東京の大手のメーカーと、提携する気があるかどうか」

と、十津川は、続けた。

「どうも、わからん」

と、老人が、またいった。

「何がですか？」

「あんたが、いったい、何者なのかが、わからんのだ。それに、何を望んで、この京都に、来たのかも、わからん。それがわかれば、力を貸してもいいが」

と、老人は、いった。

「本当に、私に、力を、貸してくださるんですか？」

と、十津川は、きいた。

「私は、本来、他所者が嫌いだ。特に、東京の人間は、信頼がおけん。だが、平松君とあんたとを、見ていると、何となく、信用ができるような気がしてしまう。だから、京都にとって、いいことならば、協力したいと思っているが、しかし、そう考えて、あんたを見ると、あんたの正体が、わかってこないんだよ」

と、老人は、いった。

「私が知りたいのは、今いったことなんですよ」

「しかし、あんたは、東京の大手の、繊維メーカーの人間じゃないんだろう？」

「そうじゃありませんが、大手の繊維メーカーに知り合いが、たくさんいましてね。その知り合いに、会った時、今、私がいったことを、知りたいという社長が、いましてね。だから、京都に、遊びに来たついでに、そのこともいろいろと調べて、帰ったら、その社長に、教えてやりたいと思っているんです」

と、十津川は、いった。

「それで、西陣の大旦那の、倉田さんと近づきたいのか？」

「そうなんですが、今日は、失敗しました。どうも、他所者は、西陣というムラの中に、入りにくいらしいですね。それが、よくわかりました」

と、十津川は、殊勝に、いった。

「あんたと平松君とは、どんな、知り合いなんだ？」

と、老人が、きく。

「いや、別に、知り合いじゃありません。東京では、私は平松君のことは、知らなかったし、向こうも、私のことは、知らなかったと、思いますね。たまたま、京都に来て、知り合っただけです」

と、十津川は、いった。さらに、

「西陣ムラに入るには、これから、どうしたらいいと、思いますか？」

と、きくと、

「時間がかかる。まず、それは、覚悟したほうがいい。あんたはまだ、京都に来て、どれほども、経《た》っていないだろう？　それに比べて、ムラの住人たちは、もう何百年もの間の、知り合いだからね。急に、中に入ろうとしたって、それは、無理というものだ。まず、そのことを、頭に叩《たた》き込んでおいたほうがいい」

と、老人は、脅かすように、いった。

翌日、十津川は、平松に、誘われるままに、祇園甲部の、お茶屋にいった。

すると、早速、小万から、

「十津川はん、何でも、このところ、毎日のように、上七軒のほうに、行ったはるそうどすな」

と、皮肉をいわれた。

「どうして、知っているんです？」

と、十津川が、きくと、

「京都は、狭い町どすから。それに、ウワサはすぐに入ってきますえ。平松はんでも、十津川はんでも、ほかの花街で、遊んではったら、すぐ、うちに注進が来ます」

と、小万は、笑いながら、いった。

「京都は、怖い町だね」

と、十津川が、いうと、平松が、笑って、

「それは、何回か僕も感じましたよ。京都は、そんな町なんですよ。だから、陰に回って、こそこそすることができない」

と、いった。

「しかし、京都というところは、陰に回って、いろいろと動き回る人も、いるんじゃないですか？」

と、十津川が、反論した。

「たとえば、どなたはんのことどす？」

と、小万が、きいた。

「たとえば、そうだなあ、五条実篤先生」

と、十津川が、いうと、小万は、

「ああ、あの先生」

と、うなずいて、

「あの先生なら、何を企《たくら》んでいるのか、本当に、わからんお人どすえ」

と、いった。

「上七軒のお茶屋で、五条実篤に、会ったんですか？」

と、平松が、きく。

「ああ、会いました。上七軒のお茶屋に、呼ばれて行ったら、そこに、西陣の旦那衆と一緒に、あの五条実篤がいた。彼は、西陣にも力があるんですね」

と、十津川が、いうと、

「あのお方は、どこにでも、コネがあるんどす。そやさかい、滅多に、あの先生の悪口はいえまへん」

と、小万が、いった。

「上七軒に行って、西陣の旦那衆に、会って、五条実篤に会って、十津川さんは、何を、企んでいるんですか？」

と、笑いながら、平松が、きいた。

「いや、いろいろなところに、いろいろな、遊びが、あるんだなと思って、それで、上七軒に行ってみたんですよ。でも、こちらと同じだった」

と、十津川は、いった。

「そりゃ、お茶屋さんの遊びなんて、どこも、一緒どす」

と、怒ったように、小万が、いう。

「あれから、こちらでは、事件らしい事件は、起きていませんか？」

今度は、十津川が、平松と小万に、きいた。

「そういえば、事件らしい事件は、起きていませんね」

と、平松は、いってから、

「十津川さんは、何か、事件があったほうが、面白いんですか？」

と、きいた。

「いえ、私は別に、事件を期待しているというわけではないんですよ。ただ、ここのところ、妙な事件が、起きているものですからね。心配には、なっているんです」

と、十津川は、いった。

「まだ、うちを、誘拐した犯人の、リーダーと、思われる人間は、見つかっていないんどっしゃろ？」

と、小万が、いった。

「ああ。見つかってないが、確かに、リーダーは存在するよ。犯人の一人は、死んでしまったが、彼の住んでいたマンションが、火事になったのは、おそらく、放火だろうね」

と、平松が、いった。

「あの人、リーダーに、殺されたんどすか？」

と、小万が、きいた。

第十二章　人探し

間もなく、祇園祭である。

祇園祭そのものは、七月一日から始まっているのを、十津川は、京都へ来て、初めて知った。

華やかな、七月十七日の山鉾《やまほこ》巡行だけを、祇園祭だと、思っていたのである。

それが、七月一日の吉符《きっぷ》入りで始まる。これは、神事始めの儀式だ。長刀鉾《なぎなたぼこ》にのる稚児が、八坂《やさか》神社にお参りもする。長刀鉾のお千度《せんど》である。

二日には、京都市役所で、山鉾巡行の順番を決めるくじ取り式が、行われる。

十日に、お迎え提灯《ちょうちん》。同じ十日の午後八時頃には、神輿洗《みこしあらい》の儀がある。河原町や寺町を提灯行列も練り歩く。神輿は、四条大橋の鴨川の水で清められる。

十日を過ぎると、京の各山鉾町で、山鉾の組み立てが、始まる。駒形提灯にも灯が入り、京の町に、祇園囃子《ばやし》がひびき出すのである。

このあとも、十七日の山鉾巡行まで、毎日さまざまな儀式が行われていく。

十三日　午前九時　高橋町　八坂神社へ参る
同　　　十一時　長刀鉾稚児　八坂神社へ参る
同　　　午後二時　久世駒形稚児　八坂神社へ参る
十五日　午後七時　宵宮祭
十六日　午前九時　献茶祭
同　　　午後六時　鷺舞奉納
同　　　午後六時頃　田楽
同　　　夕刻より　宵山

そして、十七日に、クライマックスの山鉾巡行が始まる。観光客が、巡行コースを埋めつくす。四条河原町と、河原町御池の交差点では、青竹を道路に敷き、水をかけ、その上で、巨大な鉾が、全身をきしませながら、方向転換をする。

十津川は、この十七日の山鉾巡行で、祇園祭は、終わるものと思っていたのだが、このあとも、祇園祭は、月末まで、延々と続くのである。

二十三日　献茶祭

同　　　琵琶奉納
二十四日　花傘巡行
同　　　還幸祭
二十五日　狂言奉納
二十八日　神輿洗
二十九日　神事済奉告祭
三十一日　疫神社夏越祭

これで、やっと、長い祇園祭は、終わることになる。この長いスケジュールを見て、十津川が感じたのは、京都という町の頑固さと、底知れぬ奥の深さだった。十津川は、そのことに、慄然《りつぜん》とする。

しかし、十津川に与えられた任務は、祇園祭までに、人を一人、探し出すことだった。それは、京の夏が始まるまでの間に、ということでもあった。

それも、内密に、という条件付きなのだ。部外者に、警察手帳を見せたり、京都府警に、協力を求めては、ならないと、厳命されていた。

半月ごとに、東京にいる二人の人間に、十津川は、報告書を書いて送る約束になっていた。

これで、三回目の報告だった。

まず、一通目の手紙を、十津川は書き始めた。その宛《あ》て先は、警視庁の荒木副総監だった。

〈三回目の報告を、お送りいたします。

北村真氏の消息ですが、すでに私が、京都に来てから一カ月半が、過ぎているというのに、いまだに、つかめて、おりません。

誠に申し訳ないとは、思うのですが、誰にきいても、北村氏のことは、わからないという返事しか、戻ってまいりません。

ただ、北村氏が、京都に来てから、つき合い始めたという女性のことだけは、わかりました。

その女性は、細川綾子さんと、いいまして、京友禅の老舗の、細川氏の、奥さんです。

また、細川綾子さんは、昨年十月に、自殺をしているのですが、彼女の父親は、西陣でも有名な、倉田という大旦那であり、北村氏は、私が推測するところ、その西陣の大旦那の、倉田さんに接触を持ちたいと考えて、まず、倉田さんの娘である細川綾子さんに、近づいたものと、思われます。

北村氏は、この細川綾子さんに、何回か接触しています。

その後、北村氏は突然、行方不明になり、十月には、この細川綾子さんが、自殺していますが、その原因は、当地の警察にも、わかっておりません。京都らしく、噂《うわさ》だけは、氾《はん》濫《らん》していますが。

私としては、北村氏の消息を、つかむために、京都府警の、全面的な協力を得られれば、楽なのですが、事の性質上、私が北村氏を、京都に、探しに来たということは、おおっぴらにはできませんので、そこが、捜査を難しくしております。

なお、細川綾子さんは、自殺をしていますが、私が調べたところでは、いろいろと、おかしなところもあり、あるいは殺されたのかも、知れません。

しかし、これについても、他所者の私が、騒ぎ立てるのも、おかしなことであり、また、騒ぎ立てることによって、北村氏に、危険が及ぶ可能性を考えますと、目下のところ、大人しくしているより仕方が、ありません。

何人か、京都の怪しい人物にも、接触しておりますので、そのうち、北村氏の消息についても、つかめるものと期待しております。

これは、いいわけめいて、申し訳ないのですが、京都という町は、聞きしに勝る奇妙な不可思議な所だと感嘆しております〉

次の手紙は、東京のアパレルメーカー「平松」の社長、平松慎平宛だった。

〈三回目の報告を、今書いております。

社長の要請を受けて、京都に行った、北村氏ですが、今のところ、まったく、その消息はつかめません。

北村氏は、あなたの要請を受けて、京都西陣の大旦那、倉田さんというのですが、その人と、近づきになりたいと思い、倉田さんの娘さんに、接近したフシがあります。

この娘さんは、京友禅の家に、嫁いでいますが、北村氏が、接触した直後に、原因不明の自殺を、遂げております。

また、京都の西陣は、京都の人にいわせると、西陣ムラであって、仲間意識が強く、また、徒弟制度が、残っているので、結束が固い。したがって、他所者とのつき合いを、極端に嫌うそうです。

ですから、東京の、大手アパレルメーカーとの提携についても、用心深く、また、京都の有力者の中には、西陣の独自性を、保つためには、東京のアパレルメーカーとは、絶対に提携させないと考えている人間もいるのです。

そのリーダー格の男は、京都では、あらゆるところに、コネを持ち、信頼もされていますが、同時に怖《おそ》れられても、います。

もし、北村氏が、何者かに襲われたのだとすれば、この京都の、闇将軍と呼ばれる、G氏が陰にいるものと、私は、推測しております。

もちろん、私は、京都に来てから、一度も社長の名前は出しておりません。

社長から、過分な資金を頂戴しておりますので、京都には、遊びを習いに来ている、京都の本当の遊びを、習いたい、そういう名目で、京都のお茶屋で、遊んだり、今書いたＧ氏という得体の知れない男とも、知り合いになっております。京都では、何よりも、相手と親しくなることが、必要なのです。

こうしたことから、時間が経てば、北村氏の消息が、つかめるものと、期待しております。

追伸

それから、ご子息の平松宏さんとは、主として京都のお茶屋で、何度かお会いしています。

ご子息は、社長のあなたの希望で、京都には、本当の遊びを、習いに来ている。そのために、いくらでも、お金を使えるということで、京都の花街では、かなりの有名人に、なっています。

宏さんは、私とは違って、遊ぶこと自体が、目的ですから、毎日呑気《のんき》に、遊ばれていますので、私としては、うらやましい、限りです。

私は、社長との約束があるので、ご子息には、京都に来た目的は、何も話しておりません。

ご子息のほうは、私のような人間が、どうして、京都に遊びに来ているのか、それを、不思議に思っているらしく、薄々《うすうす》、私が、東京の警察の人間だということも、察しているようです。

平松社長様

十津川〉

二通の手紙を書き終えると、切手を貼《は》り、それを、ポケットに入れ、ホテルを出た。

ゆっくりと、JR京都駅に向かって、歩いていき、駅前のポストに、投函《とうかん》した。

その後、駅の構内に入り、階上にある喫茶店で、コーヒーを飲み、席が禁煙席でないことを確かめてから、タバコをくわえて、火をつける。

静かに、考え込む。

あらためて、大変なことを、引き受けてしまったものだと、十津川は、少しばかり、後悔した。

純粋に、殺人事件の犯人を、追いつめていくのなら、それは、爽快《そうかい》でもあり、また、悩むこともないのだが、今回、二人の人間から、引き受けた捜査は、それを、内密に、実行しなければならないので、苦しいこと、この上ない。

十津川が今、探している北村真という男は、彼の先輩に当たる。警視庁で、副総監になったこともある男である。

その警視庁副総監の北村が、大学時代の同窓で、先輩にあたる、東京のアパレルメーカーの社長、平松慎平に頼まれて、警視庁を、定年前に辞めると、そのアパレルメーカーに入社した。

社長秘書という形だったが、北村が、最初に、社長に頼まれたのは、京都に行って、西陣の優れた技術力を学び、そして、「平松」と西陣との、業務提携を、推進して欲しいというものだった。

その時、平松社長は、親友の北村に向かって、

「京都というところ、特に、西陣というところは歴史が長いだけに、自分自身に頼るところが強いんだ。だから、他所者が、入ってくることを嫌う。また、ウチが、西陣と業務提携をすることについては、反対が多いことが、予想されるから、君が京都に行って、京都の西陣の旦那衆に、近づき、ウチと西陣との業務提携を、まとめてきて欲しいんだ」

と、いった。

その意を受けて、北村は、去年の春頃、京都に行った。

ただ、隠密裡《おんみつり》に、西陣の旦那衆と技術提携について話し合って欲しいと、平松社長にいわれていたので、北村は、すぐには、西陣の旦那衆には会わず、搦《から》め手から近づいていくことを考えたのだろう。

そのため、北村が選んだのは、西陣の大旦那の娘で、京友禅の老舗に嫁いだ細川綾子に近づくことだったようなのだ。

資金は、平松社長から、潤沢に与えられているから、その金を使って、細川綾子と、デートをしたり、また、贈り物をして、彼女の歓心を得ることは、そう難しいことではなかったと思われる。

そして、いよいよ、西陣の旦那衆の何人かに会い、平松社長の経営する、東京のアパレルメーカー「平松」との提携話を進めようとした時、突然、北村は、行方不明になってしまった。音信が、まったく、なくなってしまったのである。

ひょっとすると、京都で、誰かに消されてしまったのではないか？

その恐れを、平松社長も、北村が警視庁副総監だった時に、彼の下で働いていた三上刑事部長、それからまた、上司だった現在の警視総監なども、北村の失踪に驚き、すぐに十津川を呼んで、京都に調べに行くように命じたのである。

その時に、三上刑事部長は、こういって、十津川に釘《くぎ》を刺した。

「これは、あくまでも民間の話なんだ。ただ、警視総監も北村さんのことは、非常に心配しておられてね。何とか、北村元副総監を探し出したい。無事に探して、京都から連れ戻してもらいたい」

と、いった。

「北村先輩は、覚悟して京都に行かれたんでしょうか？　というのは、危険を承知の上でかということなんですが？」

　と、十津川は、きいてみた。

「それは、北村さんのことだから、危険を承知の上での、京都行きだったと思うね。それに、北村さんという人は、警察官としては、さばけているところがあったから、真っ正面から、平松社長の要望通りに、動いたとは思えない。これは、平松社長も、よく知っているらしくて、私が電話で問い合わせると、とにかく、自分の思うとおりにやって貰《もら》っている。古いつき合いだから、信頼していると平松さんは、いっていたよ」

　と、三上は、いった。

「その北村さんが、突然消えてしまったんですね」

　と、十津川は、きいた。

「とにかく、こちらの正体を、知られずに、京都に遊びに来たという感じで、北村さんは、西陣の旦那衆や、京都の大変な美人と、つき合っている。そういうウワサだった。その辺のことから、君には捜査してもらいたいんだよ。わかっていると思うが、あくまでも、これは、内密だからね。誰にも、話してもらっては困る」

　十津川は、京都に行く前に、同じような注文を平松慎平社長からもうけた。

　彼は、こういって、十津川に、頼んだ。

「わざわざ、警視庁から、ウチに来てもらった北村君のことなんだがね。私としては、ウチの会社と、京都西陣との技術提携、新しい生地の開発や、服や着物の、デザインができれば、いちばんいい。そう思って、京都の西陣に行き、ウチの会社と、技術提携をしてくれるところはないか、技術提携を希望しているところはないか、それを調べて欲しいと、北村君にいってあった。その彼が、突然失踪したところを見ると、私が頼んだことが、何かの引き金になっているような気がするんだ。だから、十津川さんには、どうしても、北村君を見つけ出し、無事に助けて、東京まで、連れて帰って、欲しいんだよ」

と、平松社長は、いった。

「確かに、難しい注文ですが、何とか、やってみましょう」

と、十津川が、いうと、平松は、

「私は、北村君に、内密にという制約をつけて、仕事を頼んだ。それと同じことを、十津川さん、あなたにも、頼みたいんですよ。表立って、捜査をしてもらっては困る。そんなことをしたら、私が、北村君に頼んだことが、自然とバレてしまうからね。そうなれば、私のやっている仕事も難しくなってくるし、また、行方不明になっている、北村君の身に危険が及ぶ恐れがある。あなたが、変に動いて、犯人を刺激したとする。もちろん、誰かが、北村君を誘拐したと仮定してだがね。もし、そうだとすると、あなたが動くことで、犯人を脅《おび》えさせ、その結果、北村君が殺されてしまったのでは、何にもならないんだよ。

北村君は、私の親友だからね。だから、京都にはただ遊びに来たという感じで、滞在しながら、それとなく、北村君の消息をつかんで欲しいんだ。くれぐれも、大げさにしてもらっては、困る。それから、半月にいっぺん、私とあなたの警察の上司に対して、報告書を書いて欲しい。簡単なものでいいんだ。便箋《びんせん》にでも書いて、それを、封筒に入れて送ってくれればいい。これだけは、守って欲しいんだよ」

と、いった。

平松は、約束通り、十津川が、京都で遊ぶ資金は、用立ててくれた。しかし、表立って捜査はしないでくれ。それとなく、ただ遊びに来た感じで、一人の男を探して欲しい。そういわれてしまっているので、十津川のほうは、捜査するのが、大変だった。

まず、京都に着いて、しばらくの間は、自分は、今まで面白みのない中年生活を送ってしまったので、これからは、金をおおっぴらに使って、京都で遊びたいと、そういうふらした。

それが果たして、信用されたかどうかは、わからない。しかし、とにかく、お茶屋で、遊んだり、京都のことを、よく知っている後楽老人や舞妓や、あるいは、五条実篤という得体の知れない男にも、会うことができた。

しかし、依然として、北村の消息はつかめなかった。

もう一つ、十津川が、気になるのは、平松社長の息子のことだった。平松は、息子の宏が、京都に行っていることについて、十津川には、説明してくれていなかったからである。

京都に着いてから、彼の息子の平松宏が、京都に遊びに来て、日々、莫大《ばくだい》な金を使っていることを知ったのである。

あの平松社長が、なぜ、息子を京都で遊ばせているのか、今も、その理由が、わからなかった。

十津川が見たところ、息子の平松が、何か大きな仕事を、頼まれて、京都に来ているとは、とても思えなかった。どう考えても、一年間、京都で遊んでこいと、父親にいわれ、面白がって、京都に来て、遊んでいるとしか思えないのである。

今、十津川が、調べたいと思っている人間が、二人いた。

一人は、西陣の大旦那の一人、倉田という男だった。

もう一人は、得体の知れない人間として、怖れられている、五条実篤という男のことだった。

行方不明になっている北村は、この倉田という、大旦那に近づきたくて、彼の娘の細川綾子に接触したと、十津川は、考えている。

そして、この細川綾子は、倉田の娘であると同時に、人妻でもある。そのことが、去年十月の彼女の自殺に、繋《つな》がっているのかどうか、それはまだ、十津川には、わからなかった。

その自殺の前に、北村は、失踪しているから、北村の失踪に関係する人間が、細川綾子を自殺に見せかけて、殺したことも十分に考えられた。

もう一人の五条実篤だが、この得体の知れない男については、十津川は、もっと詳しく知りたいと思っていた。

京都府警の話では、この五条実篤という男は、あらゆるところに、コネを持っていて、その範囲は、政界から財界、そして、ヤクザの世界にまで、及んでいるという。

この男が、あるいは、十津川の探している、北村元警視庁副総監の失踪にも、関係しているかも知れない。多分、関係しているだろうと、十津川は、思っていた。

今までに、わかったところでは、五条実篤は、さまざまな顔を、持っていた。

十津川が遊んでいる花柳界でも、ＡＫクラブのオーナーのママの後ろには、五条実篤がいるといわれているし、また、どこから、金を集めてくるのかは、わからないが、豪華な別邸も持っている。

そのほか、京都で、厄介な問題が起きると、五条実篤が、口を出して、まとめてしまうといわれている。

十津川は、コーヒーを、飲み終わると、携帯を取り出して、後楽老人に、電話をかけた。

「もう一度、あなたに、お願いがあるんですが」

と、十津川は、いった。

「どういうことか、まあ、大体の想像はつくがね」

と、老人は、電話の向こうで、いった。

「私の希望がわかりますか？」

と、十津川が、きいた。

「もちろん、わかるさ。あんたは、先日、私の紹介で、上七軒で、西陣の大旦那に会った。あの時には、五条実篤もいた。あんたは、そのどちらにも、興味を示していたじゃないか。だからまた、私に頼んで、上七軒で、この二人と一緒に、遊びたい。その席を、私に、設定してもらえないか、そういうことじゃないかな？」

と、後楽老人が、いった。

「いや、これは、驚きましたよ。大したものだ」

と、十津川は、わざと、大げさに褒めた。

「実は、あなたのおっしゃる通りなんですよ。ぜひもう一度、上七軒でも、ほかのところでも、どこでもいいんですが、五条実篤さんや、あるいは倉田という西陣の大旦那に会わせて、もらえませんか？　もちろん、遊びの費用は、全部こちらに、任せてくださって結構ですよ。いくらでも、お金が使えるんですから」

と、十津川が、いうと、

「どうも、わからんね」

と、老人が、いう。

「何がですか？」

「あんたが、どうして、そういう大金を、持っているかということさ。どう見ても、あんたは、単なる、サラリーマンだ。まあ、エリートサラリーマンかも、知れないが、とにかく、会社勤めだろう。家だって、それほど、資産家でもないように見える。それなのに、どうして、わざわざ、京都まで来て、お茶屋遊びをしているのか、どこにそんな大金があるのかな？　スポンサーがいるといったが、それがおかしいといっているんだ」

と、老人は、いった。

「そんなことは、どうだって、いいじゃありませんか。私が、お金を払いたい、そういっているんですから。安心して、遊んでくださいよ。ただ、そのお茶屋には、できれば、あの倉田という大旦那か、五条実篤さんを、呼んでもらいたいんですよ」

「この二人を、同時に呼ぶというのは、なかなか難しいぞ」

「それはわかっていますから、片方ずつでもいいんです」

と、十津川は、いった。

「そうやって、あの二人に会って、いったいあんたは、どうするつもりなんだ？」

「そうですね。とにかく、もっと近づきに、なりたい。それだけの話です」

「だから、その理由をきいているんだよ。理由もわからずに、私だって、あの二人を、お茶屋に招待したりすることなんて、できないからな」

と、老人は、きつい口調で、いった。

どうやら、老人は、十津川の態度に、うさん臭《くさ》いものを感じているらしい。

十津川は、苦笑する。自分が、柄に合わないことをしていることは、よくわかっていたからである。

「実は、この年になっても、ミーハーなところがありまして。だからこそ、いい年をして、京都に来て、お茶屋遊びをしたりなんかしているんです。京都に来て、東京では、見かけないような人に会った。それが西陣の大旦那の倉田さんと、それから、京都で、怪物と呼ばれている五条実篤さんなんですよ。ですから、何としてでも、この二人にもっと近づきたい。ぜひお願いします。あなたには、いくらでもお礼をしますよ」

と、十津川は、いった。

「そんな大きなことは、いわないほうが、いいな。後で後悔するからね。まあ、今あんたが、いったことは、考えておこう」

とだけ、老人は、いって、電話を切ってしまった。

しかし、老人は、その話を、忘れていなかったらしく、二日後に、上七軒のお茶屋に、来るようにと、伝言があった。

十津川が、そのお茶屋を、訪ねていくと、二階では、すでに、宴会が、始まっていた。

十津川が、上がっていくと、後楽老人が迎えて、

「今日は、京都のお偉方二人を招待した。あんたも知っているはずだが、西陣の倉田という大旦那と、それから、京都でいちばん偉い、五条実篤先生だ」

と、二人を、十津川に紹介した。

舞妓三人と芸妓三人も来ている。

その中には、先日の菊乃という芸妓もいた。

十津川が、挨拶をすると、五条実篤は、ジロリと彼を見て、

「前にも質問したと、思うのだが、どうして、君のような、一見、実直そうな男が、わざわざ、京都まで来て遊ぶのかね？　その理由を、ききたいもんだね」

「京都といったら、誰にとっても、憧《あこが》れの町ですよ。私は、東京生まれの、東京育ちですが、だからこそ、なおさら、京都には憧れるんです。特に、お茶屋遊びに。それで、後楽老人に頼んで、お茶屋遊びの達人である、五条さんや西陣の倉田さんのことを、呼んでもらったんですよ。私のような人間は、面白くないかも、知れませんが、ぜひ、京都の遊びの真髄を、教えてください」

と、十津川は、ペコリと頭を下げた。

それでもなお、五条は、疑わしそうな目で、十津川を見ていた。

「君は、平松という青年を、知っているかね？」

と、五条が、きいた。

「一度か二度、会ったことが、ありますよ。確か、東京から、京都に遊びに来ているという、どこかの会社の一人息子じゃありませんか？　何でも、一年間、京都で遊んで、一億円使うつもりだといっていますが、私を、そんなバカな男とは、一緒にしないでいただきたい。わたしのほうは、純粋に、京都とは何か、京都という町の本当のよさは、何なのか、それを研究に来ているんですから」

と、十津川は、いった。

その言葉の半分は、本当だった。

「それじゃあ、君は、あの平松という青年とは、何の関係も、ないというのかね？」

と、五条は、まだ食い下がってきた。

「何の関係もありません。東京で、彼と会ったことも、ないですよ。ただ、うらやましいとは思いますけどね。私が、いくら京都で、遊びたいといったって、コツコツと貯《た》めた貯金の範囲内ですから、一年間で一億円使う、そんな話とは比べようも、ありません」

と、十津川は、いった。

「平松という青年にも、いったんだが、君が本当に、京都の遊びを、覚えたいのならば、私がお教えしてもいい」

と、五条は、急に、ニッコリして、いった。

どうして、五条が、急に、ニッコリしたのか、その理由は、わからない。わからないが、それでも十津川は、

「よろしくお願いします」

と、いって、もう一度頭を下げた。

倉田のほうは、職人気質が、残っているのか、西陣の大旦那といわれるわりには、気難しい顔で、

「東京の人間が、突然、京都にやってきて、京都の遊びの、真髄を知りたい。そういわれても、それは無理ですなあ」

と、いった。

「無理ですか？」

と、十津川は、倉田を見た。

「無理ですわ。私なんぞ、十代の頃から西陣で、機を織っていて、それと、平行して、先輩に連れられて、お茶屋の遊びも、始めたんですよ。西陣の仕事のほうも、四十年以上になるし、お茶屋遊びのほうも、同じようにもう四十年以上に、なりますけどね。それでもまだ、京都のお茶屋遊びが、わかったとは、いいきれない。それなのに、あなたが、突然やってきて、京都の遊びを知りたい、そういわれてもねえ。五条先生も、困るんじゃありませんか？」

と、倉田は、いった。

五条は、苦笑して、

「確かに、倉田さんのいうことにもうなずくところがある。しかし、まあ、遊びですからね。東京から来て、京都の遊びを知りたいといっているんだから、まあ、教えてあげようじゃありませんか」

と、いった。

それを潮に、酒宴が始まった。

十津川は、倉田と五条実篤の二人と、杯を交わしながら、

「そうですか、倉田さんは、十代の頃から、西陣の仕事を始めて、それと同時に、お茶屋遊びも始めたんですか？　大したもんです。私が急に、京都にやってきて、お茶屋遊びを、知りたいといっても、確かにそれは、無理でしょうね。よくわかります」

と、倉田に向かって、いった。

「京都の遊びは、どれもこれも、奥が深いですからね。簡単には、わかりませんよ」

と、倉田は、十津川に向かって、諭すように、いった。

「今まで、私のほかに、東京から、やってきて、あなたがたに、京都のお茶屋遊びを、教えて欲しいといった人間が、いましたか？」

と、十津川は、きいてみた。

「そりゃあ、何人かいましたよ。しかし、たいていの人がお金が続かなくなるか、それとも京都のしきたりが、細かすぎて、イヤになるといって、東京に、逃げ帰っていきましたね。あなただって、そのうち、逃げ帰るかも、知れませんなあ」

　と、倉田は、いった。その顔が笑っている。

「いや、私は違いますよ。私は、京都の遊びが、好きで好きで、たまらなくて、わざわざ東京からやってきたんですから」

　と、十津川は、負けずに、いい返した。

　そばから、後楽老人も笑って、

「あんたみたいなよその人間が、ポッと出てきて、京都のお茶屋の遊びの、真髄を知りたい、そういったって、それは、無理というものだな。まあ、五、六年京都で生活して、毎日のようにお茶屋遊びをしていれば、あんたのいう京都の遊びが少しはわかるかも知れないが、まあ、無理だな」

　と、いった。

「じゃあ、私の先輩も、無理だったんでしょうかね」

　と、十津川は、思わせぶりにいい、後楽老人、倉田、そして、五条実篤の顔を、見渡した。

「君のいう先輩が、どうしたというんだね？」

と、五条が、きいた。

「君の先輩というのは、何者なのかね？」

と、倉田が、きいた。

「私の会社の、先輩なんですよ。副社長にまでなった人なんですが、ある日突然、会社を辞めましてね、これから、京都に行って、遊びの真髄を確かめてくる、そういって、京都に行ったんです。その後、私に何度か、手紙をくれましてね。楽しい毎日を、送っている。美しい、京都の女性にも会えたし、これから、思う存分、京都の、お茶屋遊びをするつもりだ。そういった手紙を、くれていたんですが。ある日突然、行方が、わからなくなってしまったんです」

と、十津川は、いった。

五条はまた、疑わしそうな目で、十津川を見て、

「君は、その先輩を、探しに来たのかね？　それとも、純粋に、遊びに来たのかね？　そのどちらなんだ？」

と、きいた。

「どちらも、本当ですよ。私は、本当に遊びを覚えたい。同じように、私の上司で、遊びの先輩でもあるその人に会って、いろいろと、ききたいことが、あるんですよ」

と、十津川は、いい、ポケットから北村の写真を、二枚取り出して、倉田と、五条実篤

に渡した。

渡しながら、十津川は、二人の様子を、見ていた。

「どうですか？　なかなか、ハンサムでしょう？　彼は、定年になる前に、自分から、会社を、辞めましてね。この京都に来て、遊びを実践していたと、思われるんですが、皆さん、ご存じありませんか？　身長は一七三センチくらい、少し太っていて、優しい人なんですがね。金遣いもきれいで、京都のお茶屋では、きっと、モテたと思うんですけど、そういう人に、心当たりはありませんか？」

十津川は、同席している芸妓や、このお茶屋の、女将さんに、きいてみた。しかし、芸妓も女将さんも、

「残念どすけど、この人、うちは、知りまへん」

と、同じように、首を横にふった。

彼女たちは、口止めをされているのか。十津川は、後楽老人に向かって、

「この人、知りませんか？」

と、きいた。

「会ったこともないが、しかし、おかしいねえ」

と、老人が、いう。

「どこが、おかしいんですか？」

「あんたは今、この人は、東京では、会社の副社長にもなって、それが突然、会社を辞めて、京都にやってきて、お茶屋遊びを始めた。金払いはいいし、優しいという。それになかなかの美男子だよ。そんな男が、どうして、行方不明になっているのかな？　京都でも、歓迎されると思うんだが。それだったら、大事にされているはずだ。まず、そこがおかしい」

と、後楽老人は、いった。

「倉田さんは、どうですか？　ご存じありませんか？」

と、十津川は、倉田を見た。

「どうして、私が知っていると、あなたは、思うんです？」

と、倉田が、きき返す。

「この先輩なんですが、私に電話がありましてね。自分は、西陣についても、大変興味がある。だから時々、西陣に行って、そこでいろいろな人に会って、西陣の昔のことや、今のこと、それから、将来についてもきいてみたいと、思っているといっていたんですよ。ですから、もしかすると、この写真の先輩は、倉田さんにも、会っているのではないか、そう思ったので、おききして、みたわけです」

「いや、まったく知らないな。この人が、ウチを訪ねてきたこともないし、本当に、君の先輩は、お茶屋遊びや、西陣のことに、興味があったのかね？」

「私も、面と向かってきいたわけではありませんが、しかし、この先輩が、京都のお茶屋のことや、西陣のことについて、知りたがっていたことは、確かなんです。ですから、今こうして、倉田さんにおききしているんですが、本当に、お会いになったことは、ありませんか？」

「君もくどいな。会っていないといえば、会っていないんだよ」

と、倉田は、険しい表情になって、いった。

「しかしですね、京都は狭い町で、ウワサが流れるのも、早いという話もきいていますし」

と、十津川が、なおも、いった。

「君は、何をいいたいのかね？」

と、五条実篤が、眉をひそめて、いった。

「この先輩は、京都のお茶屋遊びをしたい、お金なら、いくらでも使う、そういって、現に、お茶屋遊びをしていたし、京美人との、つき合いもあったと思われるんですよ。京都は小さな町なんですから、そういうことは、すぐ、ウワサになって、広まるんじゃありませんか？　それなのにどうして、この先輩のことを、誰も知らないんでしょうか？　それが、不思議で、仕方がありません」

十津川が、いった。

「私は、一週間に二、三回は、この上七軒か、他の祇園甲部なんかでも遊んでいるが、この人に、会ったことはないなあ」

と、倉田が、いった。

それに合わせるように、五条実篤も、

「私も、この人を、見たことがない。本当に、この人は、お茶屋遊びを、していたのか？第一、東京の人間なら、京都の友人の紹介がなければ、簡単には、お茶屋では、遊べないはずだがな」

と、五条実篤は、相変わらず、疑わしそうな目で、十津川を見た。

「その先輩ですが、京都には、友人がいるんですよ。たぶん、その友人の紹介で、お茶屋で遊ぶようになったんだと思うんですが」

と、十津川は、いった。

「この人の名前は、何というのかね？」

と、倉田が、きいた。

「北村真といいます。今、五十二歳ですが、何か、心当たりでも？」

と、十津川は、倉田に、きいた。

「いや、心当たりはないが、名前でも、覚えておけば、そのうちに、見つかるかも知れない、そう思ったものだからね」

と、倉田は、いった。

「本当にまだ、この人は、京都にいるのかね？　東京に帰ったんじゃないのかね」

と、今度は、五条実篤が十津川を見て、いった。

十津川は、今度は、菊乃たち三人の芸妓と、三人の舞妓、それから、地方《じかた》の二人に向かって、

「君たちは、この写真の人を、知らないといったが、北村という名前なんだ。北村真。その名前に、記憶はないかなあ？　誰かが、お座敷で、北村という名前を、口にしなかったかね？」

と、きいてみた。

しかし、六人の芸妓、舞妓、それから地方も、同じように、

「お座敷で、会ったことも、名前を、きいたこともあらしまへん」

と、異口同音に、いった。

「じゃあ、今度は、私のほうから、君に質問をしても、いいかね？」

と、五条実篤が、十津川を見た。

「どうぞ、何でも質問してください」

十津川が、受ける。

「君は、いくつなんだ？」

と、五条が、きいた。

「現在、四十歳ですが」

「もちろん、結婚は、しているんだろうね？」

「もちろんしていますが、まだ残念ながら、子供はおりません」

と、十津川は、いった。

「君の職業は、いったい何なんだ？　まさか、私立探偵や、信用調査会社の人間では、ないんだろうね？」

と、五条が、きいた。

「とんでもない。ただの、普通のサラリーマンですよ」

「じゃあ、給料は、いくらぐらい、もらっているんだ？」

「だいたい、手取り三十万から、四十万円の間ですが」

「それだけしかもらっていないとなると、いくらコツコツ貯めたといっても、会社を辞めて、あるいは休暇を取って、京都に来たって、お茶屋遊びなんか、できないんじゃないのかね？」

「ですからそこは、ある金持ちの人が、いましてね。私がどうしても、京都に行って、遊びの勉強をしたいといったら、その人が、その資金を自分が、提供してあげよう、そういってくれたんですよ。本当に、ありがたい人が、いるんですよ。それで、こうして、お茶屋遊びが出来てるわけです」

と、十津川は、いった。

「その人も、君の先輩かね？」

「ええ、まあ、そんなところです。先輩にも、何人かは、金持ちがいますから」

と、十津川は、笑って、見せた。

酒宴が、少し乱れてきた時、十津川のそばに芸妓の菊乃が、きた。

「旦那さんは、本当に、お金持ちどすか？」

と、小声で、きいた。

「さっきもいったけど、私自身は、お金持ちじゃない。しかし、スポンサーがついていてね。その人がいくらでも、資金を出してくれているんだよ」

と、十津川は、いった。

「それなら、うち、お願いがあるんどす」

と、菊乃が、いった。

十津川が、ためらっていると、菊乃は、顔を近づけて、

「うちねえ、今、南座に出たはる、市村孝太郎という若い役者さんが、贔屓なんどす。その役者さんに、何か、こうてあげたいんどすけど、そのお金、旦那さんが、出してくれはりませんやろか？」

と、きいた。

声をひそめているので、他の人間には、聞こえていないようだった。

十津川は、いきなり、そんなことをいわれて、ちょっとビックリしたものの、彼のほうも、声をひそめて、

「本当に、君はその市村孝太郎という役者が、好きなの？」

と、きいた。

「うち、もう夢中どす」

と、菊乃が、いった。

「それなら、助けてあげても、いいけど、いったい、どのくらいの、お金がいるものなんだ？」

十津川が、きいた。

「本当に、出してくれはるのどすか？」

菊乃が、嬉しそうに、いう。

「何とか、助けてあげたいけどね、あまり大金じゃ、私には、どうしようもない」

十津川は、予防線を張った。

「その市村孝太郎さんなんどすけどね。実は、向こうの、倉田さんも、ご贔屓の一人なんどすえ」

菊乃は、秘密を打ち明けるように、小声で、いった。

十津川は、倉田のほうに、チラリと目をやってから、

「なるほど。あの旦那さんも、その役者さんがご贔屓なんだ」

「そうどす。そやしひょっとして、旦那さんが、私を助けてくれはるかと思って」

と、菊乃は、計算高いことを、いった。

「わかった。それなら、何とかしてあげるよ」

十津川が、うなずくと、相手は、顔一面の笑顔になって、

「それなら、明日にでも、うちと一緒に、南座に行っておくれやす」

と、いった。

十津川は、五条と倉田に、直接、北村のことを聞いたり、何となく、自分が、危なっかしい橋を、渡っているような気がした。

しかし、これが縁で、あの倉田という、西陣の大旦那と懇意になることができれば、失踪中の北村の消息もつかめるかも知れないと、十津川は、思った。

その日、十津川は、旅館に戻ると、すぐに、東京の平松社長に、電話をかけ、上七軒のお茶屋で、菊乃という芸妓から、持ちかけられた話を、伝えた。

「芸妓から、役者遊びを誘われたのは、初めてなんですが、うまくいけば、それが縁で、西陣の大旦那の、倉田という人と、懇意になれるかも知れません。お金を使うことになっ

てしまうかも、知れないのですが、構いませんか？」

十津川は、きいてみた。

「もちろん、構いませんよ。刑事さんが、お茶屋遊びに、続いて、今度は、役者遊びをする。それも、なかなか、風流で、いいじゃありませんか。ぜひ、ご祝儀をはずんであげなさい」

と、平松は、いった。

十津川は、市村孝太郎という歌舞伎役者を知らなかったが、調べてみると若手では、ピカイチの女形と、わかった。

第十三章　役者遊び

十津川は、その日、上七軒の菊乃に誘われて、南座に行った。

十津川は、東京で、歌舞伎を見たことがあるが、しかし、それは一番安い三階席で、京都の南座ではもちろん、初めてだし、二階の特別席での見物も、初めてだった。

南座の近くに、吉兆の支店である花吉兆があって、そこに、頼んでおくと、お弁当を、届けてくれるという。そんなことも、初めての経験なので、十津川は、やってみることにした。

最初の芝居が終わり、幕間《まくあい》になって、明るくなると、菊乃は、祝儀袋を二つ取り出して、小声で、

「これから、楽屋に行くんどすけど、例のもの、用意して、おくれやしたか？」

と、きいた。

十津川は、

「百万ばかり、用意してきたが、いくらいるの？」

と、きいた。

「五十万円あれば、大丈夫どす」

菊乃が、いい、十津川から、五十万円を受け取ると、それを素早く三十万円と二十万円にして、二つの祝儀袋に、入れていった。

「菊乃さんの贔屓は、市村孝太郎さんだけじゃないのか？」

十津川が、きくと、

「うちのご贔屓は、もちろん、市村孝太郎さんどすけど、同じ楽屋に、お父さんの、市村小太夫さんもいやはると思うから、その両方に、ご祝儀をはずまんとならんのどす」

と、菊乃は、いった。

十津川は、菊乃の案内で、舞台の裏を、通って楽屋に向かった。

いくつか楽屋が並んでいる。その一つに、市村小太夫、市村孝太郎の名前があった。

中をのぞくと、二台の鏡台があって、浴衣姿の役者が二人、鏡に向かって、化粧を、直していた。

部屋の隅には、花が並んでいて、それぞれに贈り主の名前が、書いてある。

菊乃が、先に中に入っていって、入口に立っている中年の、和服姿の男に、向かって、

「菊乃どす」

と、いってから、十津川には、

「こちら、番頭さん」

と、いった。

「番頭さん？」

と、オウム返しに、十津川が、きくと、相手は、ニッコリ笑って、

「普通にいったら、マネージャーです」

と、いった。

（なるほど、歌舞伎の世界では、マネージャーのことを、番頭というのか）

と、思いながら、勧められるままに、入口近くに座った。

その番頭さんが、お茶を出してくれる。

菊乃が、番頭に向かって、二つの祝儀袋を、そっと、押し出した。それを受けたような形で、鏡台に向かっていた二人の役者が、振り返った。

奥にいたのは、六十歳ぐらいに見える役者で、こちらに向かって、小さく会釈をしてから、またすぐ、鏡台に向かってしまった。この役者が、どうやら市村小太夫らしい。

若い役者のほうは、きちんと、こちらに向き直って、頭を下げると、

「いつも、ご贔屓にしていただいて、ありがとうございます」

と、菊乃に、いった。

これが、菊乃が贔屓にしている、市村孝太郎だとわかったが、その瞬間、十津川は、その役者の持っている色気に、正直いって、ゾクッとしてしまった。

まだ化粧の途中で、スッピンに、近いのだが、それでも何か、ゾクッとするような、色気があるのだ。女形だから、男の色気というものはない。女の色気でもない。中性の色気とでもいったら、いいのだろうか。

十津川は、その色気に、圧倒されるものを、感じた。

「こちら、東京から来てはって、このお芝居を、見たいというのでお連れした、十津川さんというお方どす」

菊乃が、いった。

「これはおおきに。市村孝太郎です」

相手が十津川に向かって、ニッコリする。

そのこぼれるような笑顔が、異様な美しさで、また、十津川を圧倒した。孝太郎は、明らかに、自分の魅力を、意識しているのだ。

孝太郎は、菊乃に向かって、

「今度、どこかのお茶屋さんで、菊乃さんにお会いしたいなあ」

と、笑顔で、いう。

五、六分もすると、菊乃は、
「もう席に戻って、次のお芝居を、見させてもらいます」

と、いって、立ち上がった。

十津川も、一緒に立ち上がって、座席に戻りながら、

「もういいの？　もっと、話をしていればいいのに」

と、いうと、菊乃は、眉を寄せて、

「そんなことをしたら、孝太郎はんの迷惑になってしまいます。サッと引き上げるのが、礼儀どす」

と、怒ったような口調で、いった。

どうやら、十津川のいったことが、気に障ったらしい。彼の考えは、役者を贔屓にする人間としては、失格だったのかも知れない。

まだ、次の芝居までは、時間があるので、廊下に出て、売店で、菊乃につき合って、パンフレットを買ったりしていると、

「十津川さん」

と、突然、背後から、声をかけられた。

振り向くと、平松が小万と一緒に、そこに立っていた。平松が、

「十津川さんは、今度は芝居見物ですか？　ずいぶん、趣味が広いですね」

と、笑った。

十津川は、苦笑して、

「これも遊びの一つですから」

小万も、笑って、

「役者遊びは、お茶屋遊びよりも、お金がかかりますえ」

と、いったが、すぐ、十津川の傍《そば》に、菊乃がいるのに気がついて、急に、キッとした目になって、

「十津川さん、今日もまた、上七軒で、浮気どすか？」

と、いった。

菊乃のほうも、負けずにきつい目になって、

「十津川はんには、楽屋見舞いに、一緒に行って、もろたんどす。うちが市村孝太郎はんを贔屓にしているさかい」

と、小万に向かって、いった。

「菊乃さんも、あの市村孝太郎にぞっこんなんどすか？」

「それの、どこが悪いんどす？」

菊乃が、強い目で、小万を、見返して、いう。

「別に悪いとは、思わしまへんけど、あの女形さんには、たくさん、ご贔屓がいはるから、

大変と違います？」

と、小万が、いった。

廊下で、口論になりそうな気配になってしまったので、十津川は、目で平松に合図して、強引に、菊乃を、座席に連れていった。

幕が開いて、今日の呼び物である「曽根崎心中」が始まった。

菊乃のご贔屓の、市村孝太郎がお初をやり、父親の市村小太夫が、そのお初と心中することになる、手代の徳兵衛を演じている。

それを見ているうちに、菊乃は、機嫌が直ったらしく、急に小声で、

「十津川さんに、いいこと、教えましょうか？」

と、いった。

「何を？」

と、きくと、

「この間は、ウソをついて、堪忍どっせ。ああいう席で、十津川はんの見せはった写真の人を、知っているとゆうたら、何をいわれるか、わからしまへんから」

と、いった。

「そんなことは、いいんだ」

十津川が、いうと、

「秘密を教えます。実は、あの写真のお方、あの人も市村孝太郎はんを贔屓にしていはったんどすえ」

と、菊乃が、いった。

十津川は、不思議な気がした。彼が探している北村真が、歌舞伎役者を、贔屓にしているという話など、きいたことが、なかったからである。

「それ、本当のこと？」

十津川は、声を潜めて、菊乃に、きいた。

「本当どす。あの写真のお方、五条先生や西陣の倉田はんと、去年の十月頃だったか、上七軒のお茶屋で、市村孝太郎はんを呼んで一緒に、お酒を飲まはったことがあるんどす。うちも、その時に呼ばれていたから、よく覚えてます」

「そのお座敷に、北村さんが、西陣の倉田さんや、あの五条実篤さんと一緒にいたということなのかい？」

「そうどす」

「その席だけど、誰が招待したんだろう？　五条実篤か、あるいは倉田が、私の友だちを招待したんだろうか？」

「それは、逆だと思います。あの時の雰囲気だと、写真の人が、五条先生や、西陣の倉田はんを招待して、お茶屋で、遊んだように、うちには思えましたけど」

と、菊乃が、いった。

「その一回だけ？」

「いいえ、うちが、一緒だったことが、二回ありましたし、ほかにも、何回か一緒に、お茶屋で、遊ばはったんと、違いますか？」

菊乃が、いう。

そうだとすると、

（あの倉田や五条実篤が、北村のことを知らないといったのは、嘘をついていたことになる）

と、十津川は、思った。

これは、予想していたことではあったが、菊乃がきちんといってくれたことで、十津川は、確信を持った。

北村は、京都に来て、さまざまな、動きをしていたのだ。細川綾子に会い、また、倉田にも会い、五条実篤にも、会ったことになる。そういう人間関係を作って、「平松」と西陣の、業務提携は、進んでいたのだろうか？

そして、彼がしようとしていたことと、彼が、失踪したことは、何か、関係があるのだろうか？

舞台のほうは、クライマックスに、近づいている。

手代の徳兵衛が、悪友の九平次の罠にかかって、死ななければならないところに、追い込まれ、遊女のお初と心中を決意していく。

芝居が終わると、緞帳《どんちょう》がおり、拍手が起きた。客席が明るくなり、それに合わせたように、注文しておいた花吉兆の弁当が届いた。

それを食べながら、

「あの市村孝太郎だけど、大変な、色気があるね。あれには、びっくりした」

と、十津川が、いうと、菊乃は、嬉しそうに、

「そうどっしゃろ。だから、ご贔屓さんが、たくさんおいでになるんどす。五条先生や倉田はんも、ご贔屓筋さんどす」

と、いった。

「じゃあ、小万ちゃんが、いったように、君も大変だ」

十津川が、笑った。

「そうどす。でも、うちのような芸妓が、贔屓にしているのと、五条先生や西陣の倉田はんが、贔屓にしているのとでは、その色合いが、違います」

と、菊乃が、いった。

「どんなふうに違うんだろう？」

十津川が、いうと、菊乃は、笑って、

「そんなこと、わかりますやろ。男が男を好きになる。そういうことと、違いますか？」

「なるほど。そういう見方も、あるのか」

十津川は、感心した。

この菊乃という芸妓は、そんなところも、きちんと、見ているのかも、知れない。

「しかし本当なのかな？　西陣のあの倉田という旦那や、五条実篤という、怖い先生まで、君のいうような気持ちで、あの市村孝太郎という役者を、見ているんだろうか？」

「それは、絶対に、間違いおへんえ。うちが呼ばれた時、はっきり、わかりました。特に、倉田はんのほうは、間違いなく、市村孝太郎はんが好きなんだ、そう思いました。だから」

といって、菊乃は、急に口をつぐんでしまった。

「だから、何なの？」

十津川が、きくと、

「だから、わかりますやろ？」

「何が？」

「自殺した、細川綾子さんのことどす。あれは、旦那さんとうまくいかなくて、悩んでいたんやなくて、お父さんが、女形の市村孝太郎はんに、すっかり参ってしまっているのを見て、それに、悩んでいた。うちは、そう思っています」

と、菊乃は、いう。

「しかし、京都じゃ、男の女遊びは、ステータスというじゃないか？」

「それは、女遊びのことどっしゃろ。役者に夢中になるのとは、違います。特に、女形に惚《ほ》れてしまうと、男女の仲よりも、その仲は、深くて、キツいそうどすえ」

と、菊乃は、いった。

「なるほどね。男女の関係は、それほど深くならないが、男と男の関係は、深くなるか」

「そうどす。特に、美しい男に、惚れたら、もう、どうしようも、なくなるそうどすえ。十津川はんも、気をつけとくれやす」

菊乃は、最後は、笑って見せた。

「さっき、廊下で、小万ちゃんに、キツいことをいっていたけど、仲が悪いの？」

間を置いて、十津川が、きいた。

「別に、仲が悪いことは、あらしまへん。芸妓としての、意地どっしゃろか」

「意地って？」

「市村孝太郎はんは、あの通りの、美男子で、女形としての芸も、すごいもんどっしゃろ？ だから、京都の芸妓や舞妓が、贔屓にしているんどす。祇園の中の、どこの芸妓や舞妓が、あの方をものにするか、そんな競争にも、なっているんどす。うちは、祇園甲部になんか、負けとうあらしまへん。だから、ちょっとばかり、キツい目になって、小万姐《ねえ》さんを、見たんどす」

菊乃が、いった。

「なるほど。花街同士の、意地の張り合いか」

「そうどす。これからも、祇園甲部なんかに負ける気は、あらしまへん」

菊乃は、いった。

「私もこれから、市村孝太郎という役者を贔屓にして、役者遊びでも、始めようかな」

十津川が、冗談めかしていうと、

「さっき、小万姐さんも、ゆうといやしたやろ。役者遊びは、芸妓遊びよりも、お金がかかるし、それに、孝太郎はんは、大変な色気が、ありますさかい、男の人が、おかしくなってしまうという、ウワサどすえ。そうなっても、よろしおすか？」

と、脅かすように、菊乃が、いった。

「そんな気分に、なってみたいと思っているんだ。そういう経験は、初めてだからね」

十津川が、いった。

「そんなことゆうて、大変なことになっても、知りまへんえ。役者に、のめり込んだら、抜けられなくなるさかい。それで、京都では、役者遊びが、最後の遊びともいわれているんどすえ」

と、菊乃は、いった。

確かに、あの女形には、不思議な色気がある。楽屋で会っただけでも、それを感じたのだから、もし、二人だけで、お座敷で会ったら、いったい、どう感じるのだろうか？　ひょっとすると、あの色気に、ゾッとするのでは、ないのだろうか？

もちろん、十津川には、同性愛の経験は、ない。しかし、男が男を、好きになってしまったという事例は、刑事として、いくつも、見ていた。

彼らの話を聞くと、男女の関係ならば、何とか、抜けられるが、男が男を、愛してしまうと、どうしようもなくなって、抜けられなくなってしまうという。そんな話をきいたのを、思い出した。

まさか、失踪した、北村が、そうだったとは、考えにくい。倉田や、五条実篤に、近づくために、役者遊びを、していたのだろう。

しかし、あの役者の色気と、失踪とは、結びついているのでは、ないか？　あるいは、あの役者の、色気を利用して、誰かが、北村を誘拐してしまったのではないか？

そんなことを、いろいろと、十津川は考えてしまっていた。

「この芝居は、いつまで、やっているの？」

十津川が、菊乃に、きいた。

「楽日は、二十五日やから、まだ十日以上ありますえ。その間に、もし、市村孝太郎はんとお茶屋で、遊びたいのなら、ぜひ、うちにいっておくれやす。喜んで、行きますさかい」

菊乃は、楽しそうに、いった。

翌日、今度は、平松から、祇園甲部のお茶屋に誘われた。

そのお座敷には、もちろん、小万も来ていて、小万は、笑いながら、

「今日は、十津川はんの裁判どす」

と、いった。

「私の裁判？」

「そうどすえ。どうして最近、十津川はんが、上七軒ばかりで、浮気をしているのか、それを問い質《ただ》したいと、平松さんが、そういうてはるんどす。さあ、はっきりと白状なさい」

と、小万が、いった。

「実は今度は、役者遊びがしたくなって。それで、あの菊乃さんが、それに詳しいというので、彼女に、教えてもらっているんです」

十津川は、小万と平松に、向かって、いった。

「役者遊びなら、何も上七軒に行かないでもできますえ。ここのお座敷に、あの市村孝太郎はんを呼ばはってもよろしいし」

小万が、いう。

「どうして急に、お茶屋遊びから、役者遊びに、転向したんですか？」

平松が、十津川に、きいた。

「昨日は、菊乃さんに、連れていってもらって、市村孝太郎の楽屋に行ったんですよ。楽屋に行くことも、初めての経験でね。そうしたら、市村孝太郎の色気には、ゾクッとしましたよ。初めて、男に色気を、感じましたね。役者遊びが、忘れられなくなるというのが、何となく、わかりましたよ」

十津川が、いった。

「確かに、僕も、色気を感じましたけど、何となく、ウソ臭《くさ》いなあ」

平松が、笑う。

「そんなことは、ありませんよ。本当に、あの役者の色気に、ゾクッとしました。ゾッとしたといってもいい。中性的な色気というのかなあ、それが、忘れられなくなりましてね」

十津川は、半分正直に、半分嘘をいった。

「それだけですか？」

と、平松が、きく。

「それだけですよ」

「おかしいなあ。何か、裏があるような気がして、仕方がない。僕には、十津川さんは、京都に来て、ただ、遊んでいるだけだとは、思えない。その遊びの裏には、何かがある。遊び自体が、目的ではなくて、何か、別の、目的のために、遊んでいる、そうとしか、思えないんですよ」

「そんなことは、ありませんよ。結構、遊びは楽しいですよ。お茶屋遊びも、楽しいし、役者遊びも、楽しいし」

「小万ちゃんに、きいたんですけどね。西陣の旦那衆が、あの市村孝太郎を贔屓にしていることは、有名だそうですよ。もちろん、西陣の倉田という、大旦那もそうですし、ああ、それから、あの五条実篤も、贔屓にしているらしい。それを知っていて、十津川さんは、市村孝太郎の色気に、当てられたとか、これからは役者遊びを勉強するなんていっているんじゃ、ありませんか？」

「もし、そうやったら、不純どすえ。もっと、きちんとした、役者遊びを、しとくれやす」

小万が、いった。

「お二人とも、私のことを、何か誤解しているようだけど、私は、純粋に、京都に遊びに来ているんですよ」

十津川が、いった。

「それと、北村真という人を、探しに来ているんでしょう？」

平松が、いう。

「ああ、それは本当です。何しろ、北村さんは、私の親友でしてね。私と同じように、京都に遊びに来ていて、突然、姿を、消してしまったんです。それで、家族が、心配しているので、私も遊びがてら、北村さんを、探しに来ているんです。もし、お二人が、北村さんのことで、何か、わかったら、すぐに、教えてもらえませんか？」

と、十津川は、いった。

話が一区切りついたところで、小万が舞妓と二人で、舞を舞うことになった。

三味線が入って、舞があって、それが終わると、また、お酒になった。

「もうすぐ十七日で、山鉾巡行になるんどすけど、それまで、十津川はんは、京都においやすか？」

小万が、きいた。

「もちろん、いますよ。今しばらく、私は、京都に、いるつもりです。それより、平松さんは、いつまで、京都にいるおつもりですか？」

今度は、十津川が、きいた。

「僕は、今年一年、この京都で、遊びを勉強するつもりですからね」

平松が、いう。

その後で、平松は、

「十津川さんは、これから、役者遊びに、専念するといいましたけど、よかったら、このお茶屋に、市村孝太郎を呼びませんか？　手を尽くせば、何とか、ここに、来てもらえると、思いますよ」

と、いった。

「もし、そうなったら、ありがたいなあ。ぜひ一度、こういうお座敷で、あの市村孝太郎と一緒に、しゃべってみたいんですよ。いろいろと、歌舞伎の世界のことも、きいてみたいしね」

十津川は、真顔で、いった。

「それなら、何とかしましょう」

と、平松は、いった。

それから二日して、平松が、同じお茶屋に市村孝太郎を呼んでくれた。もちろん、芝居が終わってからである。

その席には、小万と、舞妓の小鈴も、呼ばれた。

もちろん、今日は、女形の扮装《ふんそう》ではない。しかし、それだけに、なおさら、市村孝太郎という役者の体から、匂《にお》ってくる色気のようなものを、十津川は感じた。

小万と舞妓の小鈴が、舞を舞った後、平松が、

「孝太郎さんも、ここで、一舞いしていただけませんか？」

と、頼むと、これは、やんわりと、断られた。

後できくと、歌舞伎役者というのは、いずれも、日本舞踊の名手である。

そんな踊りの名手が、お座敷で、踊ってしまうと、芸妓や舞妓のほうが、委縮してしまって、自分たちの踊りが、できなくなってしまう。そう思って、遠慮したらしい。

お酒になってから、十津川は、そっと、北村の写真を孝太郎に見せて、

「この人をご存じですね？」

と、いった。

「ええ、知っています。確か、この人のお座敷に、呼ばれたことがありますよ。あれは、上七軒の、菊乃さんの、紹介だったかしら。私を贔屓にしてくださって。西陣の倉田さんや、五条先生もご一緒でした。その時に、確かに、お会いしました。東京の方だと、おききしましたけど」

と、やわらかな口調で、いう。

「何度か、この人の、お座敷に呼ばれたんじゃありませんか？　この人は、私の友だちというか、先輩なんですが、歌舞伎が好きなんですよ」

と、十津川は、少しばかり、嘘をついた。

孝太郎が、ニッコリして、

「ええ、何度も、呼んでいただきました。本当にいい方で、私も好きな方だったんですが、

このところ、お会いしていません。東京にお帰りになったんでしょうか？」

と、きく。

「それが、行方不明になっていましてね。それで、私が、探しているんですよ。ひょっとして、あなたが、この北村さんが、今どこにいるか、ご存じじゃないかと、思いましてね」

十津川が、いった。

「私は知りませんけど、誰か知っている人は、いないのかしら？」

「実は、西陣の倉田さん、この人が、北村さんのことを、知っているかも知れないのですが、なかなか、正直に、教えてもらえないんですよ。倉田さんともう一人、五条実篤さん、この人も、知っている可能性が、あるのですが、この人も教えてくれない」

「どうして、知っているのに、教えてくれないんでしょう？」

「それがわからないんですよ。それで、あなたに、お願いがあるんですが」

と、十津川が、いった。

「どんなことでしょうか？　もし、私で、お力になれることでしたら、喜んで、お力になりますけど」

孝太郎が、微笑しながら、いった。

「それなら、お願いしようかな」

「どうぞ、いってくださいな」

孝太郎は、ちょっと、誘うような表情で、十津川を見た。

「西陣の倉田さんと、五条実篤さんもあなたのご贔屓筋なんでしょう？　今度、その二人に呼ばれたら、その時、北村真さんの消息を、尋ねてみてくれませんか？　私がきいたのでは、ケンもほろろだけど、あなたがきけば、何か、教えてくれるかも知れません。私はね、この北村さんの、家族が、心配しているのを見て、黙っていられなくて、探しているんです。あなたにきいて、いただいて、消息がわかれば、これ以上の喜びは、ないんです。ですから、何とか、お願いしたい」

十津川は、そういって、頭を下げた。

「わかりました」

と、孝太郎が、いった。

「祇園祭の宵山の夜、私と、私の父の、小太夫が、倉田さんと、五条先生の二人に、呼ばれているんです。その時に、それとなく、きいてみましょう」

と、孝太郎は、いってくれた。

「また、上七軒のお茶屋どすか？」

小万が、きくと、孝太郎は、小さく手を横に振って、

「いや、五条先生の、別邸ですよ。そこに、倉田さんや西陣の旦那衆が、呼ばれているら

しいんです。私は、父と、そこで、一曲舞うことに、なっています」

と、いった。

帰りは、十津川が、市村孝太郎を送っていくことになった。どうやら、平松と小万が、仕組んだらしい。

お茶屋に呼んだタクシーに、十津川は、孝太郎と一緒に乗った。

芝居を、南座でやっている間は、その近くのホテルに泊まっているといい、そこまで、送ってくださいと、孝太郎は、いった。

タクシーが走り出すと、意識してか、それとも無意識なのか、孝太郎がそっと、体を寄せてきて、

「十津川さんは、どんな人なんでしょう？　毎日、京都で、遊んでいらっしゃるから、きっと、お金持ちのご主人だとは、思うんですけど、何をしていらっしゃるのかしら？」

と、妙に、やわらかな口調で、きいた。

「いや、普通のサラリーマンですよ。ただ、私に、いいスポンサーがついてましてね。京都で、遊んできなさい、そういわれて、きているんです」

と、十津川は、いった。

「そんな結構な、スポンサーがいらっしゃるなら、私に、紹介して、くださらないかしら？」

孝太郎が、笑う。

その笑いにも、誘うような色気があった。

(この役者は、自分でも意識しているのかもしれない)

と、十津川は、また、思った。

「いつか、ご紹介しますが、その前に、さっき、写真を見せた北村真という、私の友人を見つけだして、欲しいんですよ。そうすれば、あなたを安心して、スポンサーに、ご紹介することができますから」

と、十津川は、いった。

「何とか、私も探してみますから、大舟とはいわなくても、小舟には乗った気持ちで、待っていてくださいな」

と、孝太郎は、いい、ホテルの前で、車が停まると、降りる時に、手を差し出した。誘われて、握手すると、その手に、力を込めてから、

「今日は、おおきに」

と、いって、ホテルの中に、入っていった。

十津川の手に、奇妙な感触が残った。

男の、ゴツゴツした手の、感触ではない。かといって、柔らかい、女の手の感触でもない。何か、ヒンヤリと、冷たい、気持ちのいい感触だった。

七月十六日、祇園祭の、宵山の日になった。今年は、例年に比べても、暑さが強い。

京都では、七月十七日、祇園祭の日に、夏が、来るといわれているが、宵山の日も、結構暑かった。

夕方になると、京都の人たちも、浴衣になって、街に出ていく。もちろん、観光客の姿も多い。

人によっては、十七日の山鉾巡行よりも、宵山のほうが、にぎやかで、楽しいという人もいる。

十津川は、平松に誘われて、浴衣姿で小万と三人、夕方になってから、街に出て行った。

十津川が京都に来て、一つ疑問に、思ったのは、京都の人たちが、ほとんど、着物を着ていないことだった。もちろん、花街の芸妓や舞妓、それから、着物に関係している人たちは着物を着ているが、一般の市民は、まず、着物を着ていない。

それが、祇園祭の、宵山になると、一斉に、浴衣姿になって、街に繰り出すのだ。その浴衣姿の人たちは、車道にまであふれて、練り歩いている。

三人も、その人波に、押されるようにしながら、四条通を、八坂神社の方から烏丸通の方向に、向かって、歩いていった。

ところどころに、鉾が、組み立てられて、立っている。

通りには、屋台が出ていたり、あるいは、お土産が、売られたりしている。

三人が、大丸の近くまで、歩いてきた時、十津川は突然、腰の辺りに、激しい痛みを感じた。手でさわると、ヌルッとしたものが、手についた。

（血だな）

と、思った時、急に、気分が悪くなって、その場に、しゃがみ込んでしまった。

平松と小万がビックリして、同じようにしゃがみ込み、

「どうしたんどす？」

と、小万が、きく。

「誰かに、刺されたらしい」

十津川が、いった。

「すぐ救急車を！」

平松が、いったが、この人波では、救急車は到着できそうもない。平松は、いきなり、両手で十津川の体を、抱え上げると、四条通から、脇道に入っていった。

四条通や烏丸通や、あるいは、河原町通は、人であふれているが、一歩裏に入ると、ほとんど、人の姿はない。

平松は、そこにまず、十津川を運んでから、一一九番した。

救急車が来て、十津川は、JR京都駅前にある、総合病院に、運ばれた。

すぐ手術が行われた。右の、腰の部分を、背後から、刃物で刺されたらしい。ただ、傷

はそれほど、深くはなくて、致命傷には、なっていなかった。

簡単に、縫い合わせてから、医者は、

「まあ、これなら、二、三日もすれば退院できますよ」

と、いってくれた。

平松が、金にモノをいわせて、無理矢理、個室を、取ってくれて、手術の終わった十津川は、その個室の、ベッドに寝かされた。

「どういうことどっしゃろか？」

小万が、青ざめた顔で、きく。

「誰かが、十津川さんを、背後から刺したんだ。心当たりはありませんか？」

平松も、十津川に、きく。

「わからないですね。ただ、僕は、人に恨まれることの、多い人間ですから」

十津川は、冗談めかして、いった。そのあと、

「今、何時頃ですかね？」

と、十津川は、平松に、きいた。

平松は、腕時計に目をやって、

「今、九時半ですが」

と、いう。

今頃、役者の市村孝太郎が、五条実篤や倉田に、呼ばれて、五条の別邸に行っているだろう。十津川が頼んだことを、二人に、きいてくれているだろうか？　十津川は、そんなことを考えた。

その後で、さっき、刺されたのは、そのことと、何か、関係あるのかも知れないとも、思った。

木下警部が病室に来たが、十津川や平松に、答えられることはなく、帰っていった。

平松が、

「心配だから、朝まで一緒にいましょう」

と、いってくれたのを、十津川は、丁重に断って帰ってもらってから、携帯を取り出して、東京に、電話をかけた。

まず、平松社長にかける。

「北村君は、見つかりましたか？」

と、平松社長が、きいた。

「残念ながら、まだ、見つかっていませんが、北村さんのことで、一つおききしたいことがあります。北村さんは、歌舞伎が、お好きでしたか？」

十津川が、きいた。

「どうしてです？」

「京都に来てから、北村さんは時々、南座で歌舞伎を見ていらっしゃるようなんですよ。それに、若手で、市村孝太郎というきれいな女形が、いるんですが、この役者を贔屓にしていたらしいんです。何か、北村さんから、おききになったことが、ありますか？」

「いや、そんな話は、何も、きいていませんよ。彼が京都に行って、その市村孝太郎という女形を、贔屓にしていたというのは、本当なんですか？」

　平松社長が、きく。

「時々、京都のお茶屋に、その女形を呼んでいますからね。贔屓にしていたことは、間違いないんです。私も、二日ほど前に、彼に会って、みたのですが、なかなか美しく、その色気には、参りました」

「そういう話は、北村君から、きいたことはありませんね。彼が歌舞伎が、好きだということもきいていないし、女形が、好きだということもきいていませんよ」

「そうですか。とすると、彼は、あなたの指示に、したがって、お茶屋で、西陣の旦那衆に会ったり、歌舞伎の女形に、会ったりしていたらしい、そう思わざるを、得ません」

　と、十津川は、いった。

「どうして、私の仕事と、若手の女形とが結びつくんだろう？」

　と、平松社長が、きく。

「これはまだ、はっきりとはしていないのですが、北村さんが、接触しようとした、あるいは、あなたの指示で、仕事の話をしようとしていた、西陣の旦那さんなんですが、その旦那さんが、歌舞伎が好きでしてね。それに、今いった市村孝太郎という若手の女形を、贔屓にしているんです。それで、北村さんも、西陣の旦那さんと、話をしやすくしようとして、同じ役者を、贔屓にしたのかも知れません。これは、これから、調べていかなくては、わからないのですが」

と、十津川は、いった。

次に、十津川は、上司の、三上刑事部長に電話をかけた。

十津川は、三上にも、まだ、北村が、見つかっていないことを、告げてから、

「北村さんは、こちらに来てから、いろんな人と、接触しています。先日も、お話しした西陣の旦那や、五条実篤という、怪物とも接触していましたし、今度わかったのは、市村孝太郎という評判の女形とも、親しくしていました。これは、北村さんのほうから、近づいたらしいんです」

と、十津川は、いった。

「どうも、よくわからないね。どうして、北村さんが、女形なんかに、夢中になっていたんだ？」

三上が、きく。

「北村さんが、本気で、その女形に夢中になっていたかどうかは、わかりませんが、たび

たび、その女形を、お茶屋に呼んでいたことは間違いありません。おそらく、北村さんは、この評判の女形を、利用して、自分の、本当に近づきたい人間に、接近しようとしていたのではないでしょうか？」

と、十津川は、いった。

話しながら、市村孝太郎の不思議な魅力を考えていた。

「こちらとしてはだな。とにかく、一日も早く、北村さんを、見つけ出したいんだ。そうしないと、ウチの総監も、心配だといっていらっしゃる。北村さんが、見つかる目安はついたのか？」

電話の向こうで、三上が、怒ったような声を出した。

「今のところ、まったく、見当がついていません。ただ、北村さんを、どこかにやったのか、それとも、監禁したのか、その点は、はっきりしませんが、北村さんの失踪に、関係していると思われる人間には、ここに来て、何人も接触しています。それが、今いった、五条実篤という妙な男ですし、西陣の倉田という大旦那でもあるし、歌舞伎の女形の市村孝太郎なんです。ほかにも、何人か、いるかも知れませんが、とにかく、こうした人間たちのことを、調べていけば、自然に、北村さんの行方もわかると、確信しています」

と、十津川は、いった。

翌日になると、朝から、遠くで、お囃子《はやし》の音がきこえる。

病室のテレビを、つけると、午前九時から、山鉾の巡行が、始まるという。

予定の九時より少し遅れて、山鉾の巡行が始まった。山鉾が、四条通を、烏丸から八坂神社の方向に、向かって、ゆっくり進んでいく。

両側の歩道は、観光客で、いっぱいだった。ぎらつくような天気で、押し合いへし合いをしている、観光客たちは、ハンカチで、汗を拭《ふ》いたり、扇子で風を送ったりしている。それでも、たぶん、暑いだろう。

病室の窓から、空を見上げても、雲一つない晴天だった。

夜になって、テレビを見ながら、病室で、病院から支給される食事を食べていると、平松が、大きな体で病室に入ってきた。

手に提げていた弁当を取り出して、十津川の前に置いた。

「そんなまずい病院食は、止めなさい。これは、十津川さんのことを、考えて、吉兆で、作ってもらった弁当ですよ。一緒に食べようじゃありませんか」

と、いって、どっかりと、ベッドの横の椅子に腰を下ろした。

十津川も、起き上がり、ベッドに腰を下ろして、その弁当を、食べることにした。

「昨夜、ちょっとした事件が、ありましたよ」

と、弁当を食べながら、平松は、十津川に、いった。

「昨夜って、宵山にですか？」

「そうです。十時を過ぎた頃ですかね。例の市村孝太郎が、五条実篤の別邸に、招待されていたんですよ。そこには、例の西陣の倉田さんや、ほかの旦那衆も、呼ばれていた。そこで、市村孝太郎は、踊りを踊ったらしい」

「それは知っています。彼から、きいていますから」

と、十津川は、いった。

(孝太郎は、北村のことを聞いてくれたろうか?)

「問題は、その宴会が、終わってからですけどね。市村孝太郎は、迎えに来た、番頭さんと一緒に、別邸を出たというんですよ。その後、宵山で、にぎやかなので、ホテルまで歩いていくことに、したらしいんです。そして、ホテルの近くまで来た時、いきなり、後ろから殴られたというんです」

「殴られた?」

「そうですよ。しかし、これは、ウワサでしてね」

「どうして、ウワサなんですか?　本当に殴られたんじゃないんですか?」

「殴られたらしいんですが、本人の市村孝太郎が警察にも届けていないし、番頭さんも黙っている。それで、ただ、殴られたらしいという話だけが、僕の耳に、入ってきたんです」

「どうして、平松さんの耳には、そういうウワサが、入ってくるんですか?」

十津川が、きくと、平松は、笑って、

「何しろ、僕は、もう何カ月も、京都で遊んでいますからね。それに、お金も使っている。だから、黙っていても、こんなウワサを僕に、教えてくれる人がいるんですよ」

と、いった。

「それは、お金の力ですかね？」

「たぶん、そうでしょうね。金の力は強いですよ。この京都だって、例外じゃありません。お金さえばら蒔《ま》けば、いろいろな、ウワサが自然にきこえてくるんです」

平松が、いった。

「あなたは、お父さんにいわれて、一年間、京都に、遊びの勉強に来たわけでしょう。しかし、ただ遊んでいるだけではなくて、お金をばら蒔いて、いろいろなウワサを、集めているんですか？」

十津川が、きいた。

平松は、苦笑して、

「いいじゃありませんか。そういう道楽も、面白くて。まあ、あまり品のいい道楽じゃありませんけどね」

と、いった。

「ほかには、どんな、ウワサを、きいているんですか？」

十津川が、きいた。

「いや、今のところ、そのウワサだけですよ。何しろ、評判の若手の女形が、宵山に歩いていて、頭を殴られたんですからね。これは、単なるウワサだとしても、たちまち、京都中に、知れ渡ってしまうんじゃありませんかね」

と、平松が、いった。

「誰に、なぜ、殴られたのか、そのほうの、話は、伝わってきて、いないのですか？」

十津川が、きいた。

「嫉妬《しっと》じゃないかと、いっている人が、いますよ」

「あの役者の美しさへの嫉妬ですか？」

と、十津川は、きいた。

それとも、別の理由で、殴られたのか？

「それもあるかも知れませんがね。上七軒と祇園甲部の芸妓や舞妓が、あの女形を、取り合っていますからね。振られたほうの芸妓が、市村孝太郎の頭を殴ったというウワサも、あります。これは、色っぽいほうの、ウワサですよ」

平松が、笑った。

「色っぽくない、ウワサもあるんですか？」

「それが、つまり、男の嫉妬というやつですよ」

「男の嫉妬？」

「そうですよ。犯人は、自分の好きな芸妓か舞妓がいた。しかし、その芸妓か舞妓が、市村孝太郎に惚れてしまった。それで、焼きもちを焼いて、宵山の夜、街を歩いている市村孝太郎に、うしろから近づいて、いきなり頭をポカリ。そういうウワサもありますね」

と、平松は、いった。

「警察は、この事件を、調べないんですかね？」

「調べませんね。何しろ、本人が、黙っているし、それに、京都の警察は、おそらく、昨日も今日も、祇園祭の警護で、手一杯じゃありませんか？」

と、平松が、いった。

その後、しばらく黙って、十津川は、弁当を、食べていたが、

「考えてみると、私も平松さんも、この京都では、他所者なんですよね」

と、いった。

「そりゃそうですが、どうして急に、そんなことを、いうんですか？」

「京都の人たちは、他所者の、あなたや私のことを、どう見ているんだろうか、そう思いましてね。正直なところを、ききたいと思うことが、時々、あるんですよ。こちらは必死になって、京都の人たちに、気に入られようと、努力をするし、お世辞も、いったりする。しかし、京都の町というのは、どこか意地悪で、冷たいところが、ありますからね。ひょ

っとすると、突き放して、私たちを、見ているのかも知れませんね」

と、十津川は、いった。

「十津川さんは、そんなことを、考えているんですか？」

「平松さんは、考えて、いないんですか？」

「僕は、そういうことは、考えないようにしているんですよ。京都じゃなくて、外国に行ったって、同じですからね。どこに行ったって、自分たちは、他所者だし、まあ、それでいいじゃないかと、開き直っているんです」

平松は、小さく、笑った。

「それでも、京都の遊びを、勉強できますか？」

「さあ、どうでしょうかね。自分では、一生懸命に、遊んでいるつもりだけど、肝心の京都の人たちは、どこかで、僕と、一線を引いているのかも知れない。ここまでは、一緒に遊ぶけれども、ここから先は、お断りだ。そういうふうに考えているのかも知れませんね」

と、平松は、いった。

第十四章　芝　居

「市村孝太郎ですけど、覚えていらっしゃいますか？」

相手が、少しばかり低い、男の声で、いった。遠慮がちなしゃべり方だった。

「もちろん、覚えていますよ」

平松は、南座の舞台で見た、市村孝太郎の妖艶《ようえん》な女形姿を、思い出しながら、いった。

「嬉しい。一度二人で、お酒でも、飲みませんか？　舞台が終わってからご一緒したいのですけど」

と、相手は、いった。

「石塀小路に、花月というバーが、あるんですが、ご存じですか？」

「確か、小万に、案内されて、二度ばかり、行ったことがありますよ。ママさんが昔、舞妓をやっていたときききましたが、その店ですか？」

「ええ、そのお店です。ご存じなら、ホッとしました。そこに、舞台が終わってから参りますから」

と、孝太郎が、いう。

「そこで待っていればいいんですね？」

「ええ、必ず待っていてくださいね」

と、孝太郎が、いった。

石塀小路には、何軒か、食事をさせる店や、酒を飲ませるバーが、あるのだが、外見からは、まったく、わからない。

いずれも、町家を、改造したもので、中に入ると、外からは、想像もできないほど、しっかりした造りに、なっているのだが、外観は、元のままだから、よほど、注意をして見ていないと、そこが料理店やバーだとは、わからない。夜になると、遠慮がちに、店の名前を書いた、小さな明かりが、つくのだが、それだって、注意していないと、行き過ぎてしまう。

その夜、平松は、南座の舞台が終わる時間を見計らって、石塀小路の、花月というバーに、行った。

中に入ってみると、ママしかいなかった。

「今日は、静かだね」

平松が、いうと、

「今日は、貸し切りどす。さっき、南座の市村孝太郎さんから、電話がありました。〈今日は、大切な人と、そちらで飲むんだから、ほかのお客は、断ってくれ〉、そういわれたんどす」

と、ママは、いった。

「大切な話って？　孝太郎さんは、そんなことをいっていたの？」

「いいえ、大切な人、そうゆうてはったんどす。それにしても、変な取り合わせどすなあ。向こうは、当代きっての、若手の、歌舞伎役者なのに、平松はんのほうは」

と、いって、ママは、笑う。

「こちらは、ただの、金ばかり使っている、バカ息子」

と、平松が、いうと、

「平松はんは、市村孝太郎はんのスポンサーさんどすか？」

と、ママが、きいた。

「そんなに、偉くはないよ。ただ一度だけ、小万に連れられて、南座に、見に行ったんだ。その時、孝太郎さんに、挨拶して、その後、お茶屋に、来てもらったことがある、それだけの、話だよ」

「本当に、それだけどすか？」

「ああ、それだけだ」

「それなら、市村孝太郎はんのほうが、平松はんに、一目惚《ぼ》れしゃはったんやろか？」

「市村孝太郎さんが僕に？　そんなことはないだろう。それより、まずビールをくれないか？」

　と、平松が、いった。

　ママは、カウンターのグラスに、ビールをついでから、

「男が、男に、惚れるということも、ありますよってに」

　と、意味深なことを、いった。

「男がね」

　と、平松は、感心したように、いってから、

「確かに、市村孝太郎さんは、今はやりの女形だけあって、男の僕が見ても、ゾクッとするような、色気があるけどね」

「そうどっしゃろ。でも、市村孝太郎はんのほうが、平松はんに、惚れたとすると、どういうことになるんどっしゃろ？　あの孝太郎はん、平松はんのような、たくましい男はんが、好きなんどっしゃろか？　そこが、わからしまへん」

　ママは、首を傾げて、見せた。

　その時、孝太郎が入ってきて、

「遅れて申し訳ありません。やっと今、舞台が終わりまして」

と、平松に、いった。

今夜は、いつもの、和服姿ではなくて、背広姿だった。ノーネクタイで、白いワイシャツが、細身の体にしっくりとして、よく、似合っている。

孝太郎は、平松の隣に、腰を下ろすと、

「ママ、僕もビールを、もらおう」

と、いった。

「洋服も、似合いますね」

平松が、いうと、孝太郎は、笑って、

「普段は、いつも洋服ですよ。そのほうが動きやすいし」

と、ちょっと、照れたような、顔になった。

カウンターの向こうの、ママのほうが、孝太郎が、来たことで、すっかり、上機嫌になってしまって、

「今月の舞台、本当に、素晴らしおした。もう二回も、見に行ったんどすえ」

と、はしゃいでいる。

孝太郎は、平松に向かって、

「あなたのお友達の、十津川さんですけど、大丈夫なんですか？」

と、きいた。

「手術は無事に済みましてね。幸い軽傷だったから、まもなく、退院できると思いますよ」

平松が、いうと、

「それはよかったですねえ。本当に心配だったんですよ」

「それより、孝太郎さんも、誰かに、殴られたときいたんですが、本当ですか？」

「まあ、何とも、ありませんけど」

孝太郎が、笑うと、ママが、心配そうに、

「誰が、そんなことを、したんどす？　きっと、孝太郎はんの人気に、焼きもちを焼いた、お仲間の役者が、嫌がらせをしはったんどす。違います？」

「いや、そんなことは、ないと思いますけどね」

と、孝太郎は、いってから、また、平松に向かって、

「今度の芝居は、二十五日が楽日なんですけれど、その後、月末まで、京都でゆっくりとすごそうと、思っているんですよ。その時、一緒に旅行でも、しませんか？」

「旅行ですか、いいですね」

「いつもは、舞台で、賑《にぎ》やかにやっていますけど、一人になると、寂しくなることがありまして。そんな時は、よく、旅行に行くんです。平松さんも、旅行は、お好きですか？」

「ええ、好きですよ。京都に、遊びに来たのだって、まあ、いってみれば、旅行の延長みたいなものですから」

平松は、笑った。

「よかった。もし、断られたら、どうしようかと、心配だったんですよ」

「しかし、僕なんかと一緒で、いいんですか？　僕は、歌舞伎のことも、よく知らないし、ただ、力があるだけの、男ですよ」

「そんなこと！　あなたを見ていると、この人なら安心して、何でも、相談できる。そんな気がして、くるんですよ。今まで、僕がつき合っていた人たちの中には、そんな人は、いませんでしたから」

「孝太郎はんは、女性は、お嫌いなんどすか？」

ママが、二人の間に、割って入るようにして、きいた。

「別に、女性を、嫌いということは、ありません。しかし、いつも、舞台で女を、やっていると、どうしても、男の人の、魅力のほうに、引かれてしまうのかも、知れませんね」

と、孝太郎は、いった。

ビールが、ウイスキーになり、そして、日本酒に、なった。

少しばかり、酔いが回ってきた頃に、孝太郎の携帯が鳴り、孝太郎は、それを取って、小声で話していたが、

「父から電話です。〈明日も舞台があるんだから、いい加減にして、宿に帰ってこい〉、そういわれました」

と、平松に向かって、いった。

「ここは、お父さんのいうことを、きいたほうがいい。送って、行きますよ」

と、平松が、いった。

「でも、今日は、平松さんと、飲んで楽しかった。本当に、ありがとうございます」

孝太郎は、丁寧な口調で、いった。

二人は、ママに送られて、店を出た。

平松のほうは、しっかりとしていたのだが、孝太郎のほうは、酔いが、回ったらしく、歩きながら、体を、平松に、もたせかけてくる。

そんな孝太郎の細身の体を、平松は、軽く抱くようにして、歩いた。

すでに、十二時を過ぎていて、さすがにこの時間では、石塀小路にも、人の姿は、ほとんどなかった。

そんな時、突然、後ろから、男のダミ声がきこえた。

「男と男が、くっついていやがる。何だ、あれは」

と、一人の男が、いい、もう一人が、

「そんなのありかよう。みっともねえな」

と、大声で、いう。

構わずに、歩いていると、突然、背後から、男の一人が、いきなり、孝太郎の頭を叩いた。さらに、もう一人が、叩こうとした時、平松は、振り向きもせずに、その男の腕をつかんだ。

男が、悲鳴を上げて、

「何をしやがるんだ、痛いじゃないか」

「いたずらは、やめなさい」

と、平松は、いい、向き直って、つかんだ男の腕を、横に振ると、たまらず、男の体が、石畳の上に、叩きつけられた。

もう一人の男が、

「この野郎!」

と、叫んで、いきなり、ナイフを取り出した。

「危ない!」

と、孝太郎が、叫ぶ。

平松は、笑って、

「手が、震えているじゃないか」

と、ナイフを持った男に、向かって、いった。

その言葉に、カッとしたのか、男がナイフを突き出してくる。

平松は、かわしもせずに、いきなり、男の体を、蹴飛《けと》ばした。その男の体も、悲鳴を上げて、宙を飛び、石畳の上に、叩きつけられた。

二人の男は、ふらふらと、立ち上がったものの、

「覚えていろ！」

と、いい残して、逃げ出していった。

「大丈夫ですか？」

と、孝太郎が、平松を見た。

平松は、黙って歩き出した。

孝太郎は、あわてて、平松の後を、追いかけながら、

「大丈夫ですか？」

と、もう一度、きいた。

「どうして、そんなことを、きくんですか？」

平松が、歩きながら、小さく笑う。

「何を、怒っていらっしゃるんですか？」

「別に、怒ってなんかいませんがね。なぜ、あんな、バカなことをするんですか？」

「バカなことって？」

「今の男たち、まったく、やる気がなかった」

「わかりましたか？」

「わかりましたよ。ヘタな、芝居だったから」

と、平松が、笑った。

「そうですよね。あんな、ヘタな芝居をして、ごめんなさい」

「どうして、こんなことを、したんです？」

「芸妓の小万ちゃんに、きいたことがあるんですよ。あなたが、小万ちゃんと一緒に、歩いていた時、暴漢に襲われた。その時、小万ちゃんを守って、その暴漢二人を、叩きのめしたと、小万ちゃんが、嬉しそうに、いっていたんですよ。それが、とても、うらやましかった。男の僕なんか、守ってくれないだろう。しかし、女形を、ずっとやっていると、いつの間にか、男の人に、守ってもらいたい、そんな気持ちに、なってしまうんです。それで今日、さっきの連中に頼んで、ヘタな芝居をして、僕を守ってくれるかどうか、それを試してみたんです。すいません。許してください」

孝太郎が、頭を下げる。

その後で、急に、孝太郎は、地面にうずくまってしまった。

「どうしたんですか？」

驚いて、平松が、きくと、

「何だか、急に、酔いが、回ってきてしまったみたいで」

「帰るところは、いつもの、ホテルですね？　それなら、僕がおぶっていって、あげますよ」

「そんなこと」

「構いません。僕の取り柄は、力が強いだけだから」

と、平松は、いい、背中を、孝太郎に、向けた。

「すいません、すいません」

と、いいながら、孝太郎は、平松に、背負われた。

平松は、軽々と、孝太郎を背負って、夜の街を、大股に、歩き始めた。

その二日後、十津川は、退院した。それを祝って、平松は、十津川を、お茶屋に招待した。

その席には、もちろん、小万や、舞妓の小鈴も来ていたのだが、小万のほうは、平松の顔を、見るなり、

「あのウワサは、本当どすか？」

と、いきなり、きいた。

「ウワサって？」

「歌舞伎役者の、市村孝太郎はんと、仲良く一緒に、お酒を飲んで、その上、酔っ払った

孝太郎はんを、ホテルまで送っていった。その途中で、暴漢に、襲われて、必死になって、孝太郎はんを、守ってあげたそうや、ないどすか。そのウワサ、もう、祇園中に、きこえてますえ」

「誰が、そんな、ウワサを流したんだ？」

「本当なんどっしゃろ？」

「確かに、一緒に石塀小路のバーで、飲んだよ。ああ、君と一緒に飲んだ、花月という店だ。それから、孝太郎さんが、酔っ払ってしまったんで、ホテルまで、送っていった。それだけのことだよ」

と、平松は、いった。

「それだけどすか？」

「ああ、それだけだ。ほかに、どんなウワサが、流れているんだ？」

「花月のママに、きいたんどす。そうしたら、ママさん、こうゆうてはりましたえ。〈あの評判の市村孝太郎はんが、平松はんに、惚れてしまって、ウチの店に来て、お酒を飲みながら、口説いていた〉、あのママさん、そうゆうていやはりました。本当どすか？」

「困ったな」

と、平松は、笑って、

「確かに、あの市村孝太郎という役者は、華もあるし、芸も優れている。だから、尊敬しているけどね。あの店で、僕を、口説いたなんていうのは、それはウソだよ。ただ一緒に、酒を飲みながら、話をしただけだよ」

と、いった。

「それは、男が男に、惚れたってことじゃないかなあ」

十津川が、横から、いった。

「平松はんも、孝太郎はんに、惚れはったんどすか？」

真面目《まじめ》な顔で、小万が、きく。

「どうも、うまく、説明できないんだけどね。男が、男に、惚れることって、よく、あるじゃない。女が、女に、惚れることだってあるだろう？　僕は、ただ力が、強いだけの男でね。金は持っているけど、これといった芸は、持っていない。学問もない。だから、一芸に秀でている、市村孝太郎さんみたいな人は、尊敬してしまうんだ。男に惚れたというよりも、孝太郎さんを、尊敬しているといったほうが、正しいんじゃないかな」

と、平松は、小万に向かって、いった。

しかし、小万は、納得せず、

「じゃあ、孝太郎はんのほうは、どうなんどす？　平松はんに、惚れていやはるのと、違いますか？」

と、しつこく、きく。

「それは、彼に、きいたらいいじゃないか」

「ええ、きいて、みますとも」

と、いってから、急に、悲しそうな、顔になって、

「相手が、同じ女の人やったら、どんな人でも、戦うんどすけど、今度みたいに、相手が男はんやったら、どうしていいのか、わからなくて」

「別に、戦わなくても、いいじゃないか。僕は、君が、好きなんだから」

と、平松は、いった。

「それなら、今日、このお座敷が、終わってから、うちを、マンションまで送っておくれやす」

と、小万は、いった。

その夜、平松は、小万を、送っていき、彼女のマンションに、泊まった。いつもは、勝ち気な小万が、その夜は、大きな、平松の胸の中で、何回も、同じことをきく。

「平松はんは、一年間、京都で、遊びたいといわはりましたけど、その一年が、経ったら、きっと東京に、帰ってしまわはるんでしょうね？　そうと違います？」

「確かに、オヤジには、京都で、一年遊んで、帰ってこいと、いわれているけど、一度帰って、また京都に、遊びに来るよ」

と、平松は、いった。

南座の歌舞伎公演は、二十五日が、楽日だった。

芸能界に、詳しくない平松は、ほかの芝居も二十五日が、楽日かどうかは、知らなかった。しかし、市村孝太郎のほうは、花月で、話したように、舞台が終わった、二十六日になっても、東京には帰らず、京都に、泊まっていた。

そして、時々、平松に、電話をしてきては、旅行に誘った。旅行といっても、京都の観光旅行のような、ものだった。

平松と車で、二人は、京都中を動き回った。

鞍馬寺に行き、貴船に行き、あるいは南下して、宇治にも行った。そして、時には、琵琶湖まで、車を飛ばした。

そのあと、夜はお茶屋で、芸妓や舞妓を、呼んで、遊んだ。

平松は、そこには必ず、小万を呼んだ。小万は、最初のうちは、一緒になって、楽しそうにしていたが、そのうちに、だんだん暗い表情に、なっていった。

ある時、十津川が、平松を誘って、銀閣寺から、哲学の道を歩きながら、小万のことを話した。

「最近、小万ちゃんが、沈んでいるのを、知っていますか？」

十津川が、きいた。

哲学の道には、桜の木が、ズラリと並んでいるのだが、今はもう、花が散って、葉ばかりに、なっている。

二人で並んで、歩きながら、平松は、十津川の質問には、答えず、

「この桜は、日本画家の橋本関雪《かんせつ》の奥さんが、大正十年ごろに、植えたのが最初だそうですよ」

と、いった。

「よく、そんなことを、知っていますね」

「京都で、遊んでいるんで、京都のことを、いろいろと、調べているんですよ。この近くに、その橋本関雪の記念館が、あるんですよ。そこは別名、白沙《はくさ》村荘《そんそう》といって、食事をすることも、できますから、どうですか、少し早いですが、そこで、食事でもしませんか？」

と、平松が、いった。

「いいですね」

十津川も、応じた。

白沙村荘は、橋本関雪が、自宅を、三十年かけて自分好みの、庭園に造営した。茶室を造り、庭には、石仏や石塔を並べて、回遊式の庭園を、造っている。庭の広さは、三千坪とも、いわれていた。現在、そこは、八百円払うと、中を見て回ることができ、食事もできる。

平松の案内で、二人は、その白沙村荘に入った。

二人は、庭を見ながら、食事をすることにした。ここは湯豆腐が、有名だが、今は、暑いので、季節の食事を、取ることにした。

庭の景色を楽しみながらの食事である。

「僕に何か、話があるんじゃありませんか？」

平松が、切り出した。

「そうなんだ。君に、話したいことがあってね」

「どういうことですか？」

平松が、箸を動かしながら、きく。

「最近、小万ちゃんが、寂しげなのは気づいていると、思うんだが、どうも、その原因が、君にあるらしい。それにも、気づいているんじゃないの？」

と、十津川が、きいた。

「相手が女なら、その女と戦うことができるけど、相手が、男では戦えない。どうやって戦っていいのかが、わからない。小万は、僕に、そんなことを、いってましたよね」

「それじゃあ、よく、わかっているんじゃ、ないの。私にも、どうも、君の、市村孝太郎に対する接し方が、わからないんだ。まさか、本気であの女形に惚れてしまったんじゃないんだろうね？」

十津川が、きいた。

「京都には、お茶屋さんの遊びなどいろいろあるけど、最後の遊びは、役者遊びだと、いうじゃありませんか？　だから、僕は、役者と、遊ぶというのが、どんなものなのか、それを知りたくて、市村孝太郎と、つき合っているんですよ。十津川さんも、役者遊びが楽しいと、いったじゃありませんか」

平松は、微笑した。

「それで、君は楽しいのかな？」

十津川が、きいた。

「結構、楽しいですよ」

「どこが、楽しいのかなあ？」

「何といったら、いいんだろうか？　ちょっと危険なところ、それが、楽しいかも知れません」

「危険なところって、よくわからないが、わかるように、説明してくれませんか？」

十津川が、いった。

「そうですね」

と、平松は、ちょっと、考えてから、

「お茶屋で、芸妓や舞妓と遊んでいるのは、純粋に、楽しいですよ。前にも、後楽先生が、いっていたんだけど、この世界では、虚が実にまさる。そういうんですよ。あの世界では、真剣になるよりも、遊びに、撤したほうが、それが、真実だ。そういうじゃありませんか？　後楽先生にそういわれて、お茶屋遊びの、本当の楽しさがわかってきた。その点、相手が市村孝太郎のような役者だと、どこまでが遊びで、どこからが、本気なのかがわからない。こちらは、遊びのつもりで、つき合っていても、ある時それが急に、遊びで、なくなってしまうかも知れない。その危険さが、すごく、ハラハラして、何ともいえず、面白いんですよ」

と、いった。

これは、正直な気持ちだった。確かに楽しいのだ。

十津川は、眉を寄せて、

「どうも、抽象的すぎて、君の話は、よくわからないな。まず第一に、わからないのは、市村孝太郎が、どういうつもりで、君に、接触してきたのか、それが、よくわからない。単純に考えれば、君が、東京のボンボンで、お金持ちだから、スポンサーになって、欲しいと思って、近づいてきたのかも知れないと思うんだけど、どうなんだろうか？」

と、きいた。

「そういえば、市村孝太郎は、十津川さんにも、何かと、近づいて、きたんじゃありませんか？　それは、はたから、見ていても、わかりましたよ」

「私に？」

と、オウム返しにいってから、十津川は、酔っ払った、市村孝太郎を、送っていった時のことを、思い出した。

確かにあの時、あの、若手女形の態度は、不可解だった。本気で、十津川に好意を感じているようにも、思えたし、あるいは、それらしくふるまって、十津川を、からかっているようにも見えた。

そう考えると、平松が、市村孝太郎とのつき合いには、危険な楽しさがあるといったことも、少しは、わかってくる。

「これから、どうするつもりなんですか？」

「何がですか？」

「何がって、もちろん、市村孝太郎のことですよ。これからもずっと、つき合って、いくつもりですか？」

「彼は、今月いっぱい、京都にいるれけども、来月になったら、東京に帰るんじゃありませんか？　それらしいことをいっていましたから。それまで僕は、京都の人がいっている、最後の遊びは役者遊びだという言葉を信じて、彼と、つき合うつもりですよ。今もいったように、危険なところが、楽しいし、役者遊びの本当の楽しさが、わかれば、一つ修業が、進んだことになりますからね」

平松は、本気とも、冗談ともつかぬ口調で、いった。

「じゃあ、小万ちゃんには、何といったらいいんですか？　彼女、本気で、心配していますよ」

「だから、市村孝太郎とのつき合いも、結局は京都での遊びの一つだと、いっておいてください。遊びは、あくまでも、遊びですよ。そういってくれれば、彼女も、わかってくれるんじゃありませんかね」

と、平松は、いった。

「果たしてそれで、彼女が、納得するか、どうか？」

十津川は、自信のない口調で、いった。

八月に入っても、市村孝太郎は、東京に帰らなかった。

八月には、夏の歌舞伎が、東京の歌舞伎座であるのだが、それは、休演することにしましたと、孝太郎は、平松に、いった。

「大事な、舞台なんでしょう？　それを休んでいいんですか？」

平松が、心配して、きくと、孝太郎は、笑って、

「少しは、休んだほうが、気持ちに、ゆとりができて、芸を、飛躍させられるんです。それに」

と、急に、平松を、じっと見て、

「東京の舞台に、出ているより、平松さんと、つき合っているほうが、楽しいから。それ

で、京都に、居続ける気になったんですよ。平松さんも、同じ気持ちで、いてくれると、嬉しいんだけど」

と、いった。

二人は、どちらから、誘うともなく、車で旅行したり、お茶屋で、遊んだり、あるいは、石塀小路のバーで、飲んだりした。

八月に入って数日経った夜、電話で約束をして、平松は、花月に、飲みに行った。

店に入ると、カウンターのところに、和服姿の美しい女性が、一人で飲んでいる。

平松が、ママに、

「孝太郎さんは、まだ来ていないの？」

と、きくと、なぜか、ママは、ニヤッと笑って、

「そこに、来たはります」

と、目で合図した。

その時初めて、カウンターにいる、和服姿の女が、孝太郎だと、気づいた。

それを待っていたように、孝太郎が、振り向いて、ニッコリした。

間違いなく、それは、市村孝太郎なのだが、平松の目には、美しい、完全な女性に見えた。いや、普通の女性よりも、女性らしく見えた。

「ママさん、確か奥に、座敷が、ありましたね？」

と、孝太郎が、きく。

「ありますよ」

「そこを、使わせてくれないかな。今夜は、平松さんと、ゆっくり、座敷で、飲みたいんですよ」

「勝手にしなさいな」

ママは、急に、ふくれた顔に、なった。

坪庭に面して、六畳ほどの、座敷があり、そこに、ママが、お酒の用意をしてくれた。その後、本当に、怒ったのか、どうかわからなかったが、ママは、二人を置いて、カウンターの方に行ってしまった。

「こんな女で、お嫌でしょうけど、今夜は、私に、お酒の相手を、させてくださいな」

孝太郎は、女になりきって、平松に、酒を勧めた。

「驚いたな」

と、平松は、正直に、いった。

「今夜は、普通の女性よりも、君に、女を感じるな」

「それが、本当なら、嬉しいんですけど」

孝太郎が、伏し目がちに、いった。

そんな仕草の一つ一つが、ドキリとするほど、妙に、なまめかしい。

平松は、勧められるままに、杯を重ね、孝太郎のほうも、飲むにつれて、白い顔が、少しずつ、赤く、染まっていった。

平松は、奇妙な気分で、酔っていく、目の前の孝太郎を見ていた。

頭の隅に、ここにいるのは、男なんだという、意識がある。

それなのに、目の前にいる着物姿の孝太郎が、普通の女以上に、女に見えてくる。その錯綜《さくそう》した気分が、なぜか、妙に楽しかった。

（これが、役者遊びの楽しさなのか）

と、平松は、思った。

「平松さんは、一年間、京都で遊んだら、東京に、お帰りになるんでしょう？」

テーブルに、ほおづえをつくようにして、じっと平松を、見ながら、孝太郎が、きいた。

「オヤジが、そういっているから、帰るには帰りますけどね。また、京都に来ますよ。京都は、楽しいから」

「東京に帰ったら、社長さんですか？　何とかいう、アパレルメーカーの」

「オヤジは、なかなか、死にそうにないから、すぐには、そういうことには、なりませんよ。第一、僕は、社長という、ガラじゃないしね」

と、平松は、笑った。

「平松さんが、社長さんになっても、私を贔屓にしてくれますか？」

「もちろん。ここに、来て初めて、歌舞伎が、好きになった。それに、あなたの女形は、素晴らしい。だから、こちらこそ、これからも、つき合っていただきたい」

　と、平松は、いった。

　それは、平松の正直な、気持ちだった。

「京都に来て、もう、何カ月になります？」

「もうすぐ、半年になるかな。あッという間に時間が、経ってしまった。そんな、感じですよ」

「その半年の間に、京都で、いろいろな、面白いことを、経験なさったんじゃありません？」

「確かに、いろいろと、経験したし、面白い人にも会いましたよ」

「面白い人って、たとえば？」

「そうですね。後楽老人にも、会ったし、五条実篤という、妙な人にも会いました。あと、ＡＫクラブのママや、亡くなった葛西弁護士――。孝太郎さんは、どうなんですか？」

　逆に、平松が、きいた。

「ええ、五条先生や、西陣の、大旦那の倉田さん、皆さんに、ご贔屓に、していただいています。でも、五条先生は、何となく怖いし、倉田さんは親しみが、持てないし、私は、平松さんがいちばん好き。何でも、話すことができるから」

また、孝太郎は、平松をじっと見つめた。

いつもは、僕といっているのに、女になった今夜は、私と、いっている。それが、芝居なのか、それとも、女になりきっているせいなのか、平松には、よくわからなかった。

最初は、向かい合って、飲んでいたのだが、いつの間にか、孝太郎は、平松の横に来ていた。

「ごめんなさい。少し酔ってしまって」

と、孝太郎はいい、体を、平松にもたせかけてきた。

甘い匂い袋の匂いがする。

平松は、ゆっくりと、手を伸ばすと、その手を孝太郎の肩に回して、抱き寄せるようにした。

孝太郎が、少し体を固くして、じっと、平松を見上げている。

しばらくの間、二人は、黙っていた。

「あなたを、本気で、好きになってもいいんですか？」

と、孝太郎が、小声で、きいた。

平松は、微笑して、

「ああ、いいさ。しかし、それは、あくまでも、遊びとしてね。僕も、遊びとして、あなたが、好きになっている」

と、いった。

孝太郎は、平松の腕の中で、急に、ふッと含み笑いをして、

「私も、そのつもりでいますから」

と、いった。

次の日から、たちまち、平松と市村孝太郎のことが、噂になった。

祇園のお茶屋の間では、さすがに、表立って、二人のことを、口にする者はいなかったが、祇園のクラブやバーでは、ママや、ホステスたちの、誰もが、二人の噂を、するようになった。

二人が、抱き合っているのを、見たという噂さえあったが、これはどうやら、花月のママが大げさにしゃべったらしい。

その噂が、たってから、小万を、ごはんを食べに、吉兆に連れていった時、食事をしながら、

「あの話、本当どすか？」

と、小万が、真顔で、平松に、きいた。

平松は、大体の想像がついたが、しらばくれて、

「あの話って？」

と、きいた。

「孝太郎はんが、着物を着て、女になって、あなたと二人で、お酒を飲んで、酔っ払ろうて、あなたが、孝太郎はんを抱いたという話、あれ、本当どすか？」

真剣な表情で、小万が、きく。

「花月に飲みに行った時、孝太郎さんが、着物を着て、女になりきって、一緒に飲んだのは、本当だよ」

「それを、聞いているんやあらしまへん。酔っ払ろうて、女になっている孝太郎はんを、抱いたかどうか、それを、きいているんどす。それ、本当どすか？」

「すべて遊び」

と、平松が、いった。

「逃げはるんどすか」

「そうじゃないよ。君だって、祇園では、遊びが本当の楽しさで、真剣になるのは、野暮だといったじゃないか。それと同じことだよ。確かに、市村孝太郎というのは、素晴らしい女形だし、僕は、気に入っている。しかし、すべて遊びだ。あれが、遊びでなくなってしまったら、楽しくなくなってしまう。そのつもりでつき合っている」

と、平松が、いった。

「本当に、遊びどすか？」

小万が、念を押した。

「君だって、祇園では、遊びが、本物だといったじゃないか」

「確かに、そういいましたけど」

急に、小万は、しょげてしまった。

小万は、仕方なく、

「うちは、どうでもいいんどすけど、十津川はんが、あなたのことを、ずいぶん心配していやはりました。あなたが、本気で、役者遊びにのめり込んでしまったのではないか、それを、心配してはりましたけど」

と、いった。

「ああ、十津川さんには、いろいろと、説教されたよ」

と、平松は、笑って、

「いつだったか、話があるというので、一緒に、哲学の道を散歩して、それから橋本関雪の白沙村荘で、食事をしたんだ。その時、君が心配をしている、市村孝太郎のことを、本当はどう思っているのかと、しつこくきくから、僕は、こう答えたんだ。市村孝太郎のような、素晴らしい女形とつき合っていると、普通の女性にはない、ハラハラするような、危険を、感じることがある。それが、遊びの、真髄ではないか、そんなふうに、いったんだ。つまり、あくまでも、遊びだということだよ。本当に、好きなら、別に、危険は感じない。しかし、本気の遊びというのは、どこか危なっかしいところが、あってね。それがハラハラして、楽しいんだよ」

と、平松は、いった。

「じゃあ、うちとのつき合いは、どうなんどすか？　ハラハラしないんどすか？　ちっとも、面白く、ないんどすか？」

悔しそうに、小万が、いった。

「もちろん、君との、つき合いだって、ハラハラしているよ。いつだって、君が今、どう思っているか、君が、怒っているんじゃないか、君が、悲しんでいるんじゃないか、そんなふうに心配しながら、つき合っているんだ。これは、ウソじゃない」

と、平松は、いった。

「それ、本当どすか？　本当なら、嬉しいんどすけど」

小万は、少しばかり、機嫌を直したように、いった。

「それにしても、最近、五条実篤先生に会わないんだが、今どうしているか、君、知っている？」

平松が、きいた。

「五条先生のお座敷には、何回か、呼ばれています。あの先生は、いつもと同じ。何かを企んでいやはるんでしょうけど、うちには、わからしまへん」

と、小万が、いった。

「相変わらず、何かを企んでいるか」

「五条先生も、平松さんのことや、十津川さんのことを、気にしてはって、どうしているかって、うちに、きかはりましたえ」

　小万が、いった。

「それで、君は、どう、答えたの？」

「平松はんは、相変わらず、お金を仰山《ぎょうさん》使って、お茶屋で、バカ遊びしたはるし、十津川さんは、先日、宵山の時に、誰かに、刺されて入院しはりましたけど、無事に、退院しました。そうゆうて、おきましたけど、あきまへんどしたか？」

「いや、それでいいんだ。君がそういう返事をしたら、五条さんは、どんな顔を、していた？」

　平松が、きいた。

「五条先生は、そうか、そうかといって、笑っていやはりました。でも、何か、うちの言葉を、信じていやはらへんかったみたい」

「どうして、信じていなかったと、わかるんだ？」

「五条先生の目が、笑ってなかったから。口では、そうか、そうかと、ゆうてはりましたけど、本当は、うちの言葉を、信じてない。そんな感じやったんどす」

と、小万が、いった。

「あの人、何といったかなあ。十津川さんが探している男の人」

「確か、北村はんどっしゃろ」

「ああ、そうだ。北村真という人だった。あの人、見つかったのかなあ？　十津川さんは、何もいっていなかったけど」

「うちは、知りまへんけど、一つだけ、妙なウワサを、きいたことがあります」

「どんなウワサだ？」

「五条先生も、西陣の大旦那の倉田さんも、女形の市村孝太郎はんを、贔屓にしてはったけど、北村はんというお方も、同じように、市村孝太郎はんを、贔屓にしてはった、そんなウワサを、きいたことがありますえ」

　と、小万は、いった。

「なるほどね。十津川さんは、それを、知っているんだろうか？」

「どうどすやろ。知ったはるのと違います？　あの人、刑事さんみたいに、いろいろと、調べ回るのが好きな、お人やから」

　と、小万が、笑った。

「なるほど、五条実篤さんも、大旦那の倉田さんも、十津川さんの探している北村という人も、みんな、役者の市村孝太郎と、つながっているのか」

「みなさん、市村孝太郎はんの魅力に、負けたんと違います？　今、うちの前にいる平松はんというお方も、同じように」

　と、いって、小万は、平松を睨《にら》んだ。

「なるほどね。それは、光栄だといわなくちゃいけないのかなあ。京都の有名人が全部、市村孝太郎に参っている。その市村孝太郎と、僕はつき合っているんだから」

　と、平松は、いった。

「そんな話をきいても、怖くならしまへん？」

　小万が、きいた。

「何を怖がるんだ？」

「平松はんも、市村孝太郎の魅力に参っていやはるでしょう？　五条先生も、同じやから、さや当てみたいになって、五条先生に恨まれたら、どうしやはります？」

「別に、恨まれても、怖くはないけどね。そうか、君は、そんなことまで、心配してくれているのか？」

「へえ、心配してます。それに、焼きもちも焼いてます」

　小万はまた、平松を、睨んだ。

　その後、小万は、急に、真顔になって、

「これ、うちの焼きもちと、違いますから、しっかりと、きいておくれやす」

　と、平松を、見た。

「ああ、ききますよ」

「うちねえ、心配で、ならしまへん。最初は、平松はんが、市村孝太郎はんと、つき合っていやはるのに、焼きもちを、焼きました。相手が女なら、殺して、やりたいとまで、思いましたけど、相手が男はんでは、どうしたらええか、わからしまへん。でも、その焼きもちと違って、今は、心配になってきたんどす。その市村孝太郎はんのことで、平松はんが、あの五条先生と、争うことになるんやないか、それが心配で、ならしまへん。あの五条先生は、本当に、怖いお人どすえ。平松はんは、力もあるし、怖いもの知らずどすけど、五条先生は、ものすごい、大きな力を持っていやはります。五条先生に、睨まれたら、平松はんは、殺されてしまわはるんやないかと、うちは心配どす。もう一度いいますけど、これは、焼きもちと違いますえ。市村孝太郎はんとつき合うときは、注意しておくれやす」

と、小万は、いった。

平松のほうも、笑顔を消して、真顔になって、

「ありがとう。君の忠告は、しっかりと、胸にしまっておくよ」

と、いった。

小万は、女の直感で、何か、危険なことが、平松に、近づいているような気がしていた。はっきりとは、わからないのだが。

一方、平松のほうは、もっと、具体的に、自分に、危険が迫っていることを、感じていた。そこには、当代きっての、人気の若手役者、市村孝太郎がいるのだが、孝太郎が、その危険な場所のどこに、位置しているのか、それが、平松にも、わからなかった。

第十五章　最後の対決と遊び

外出の支度をしているところに、十津川から、電話がかかった。

「これから出かけるところなんですが」

と、平松が、いうと、十津川は、

「先日は、少しばかりきついことをいって、悪いと思っています。ただ、君のことが、心配でね。今夜も、市村孝太郎と一緒に、出かけるの？」

と、きいた。

「ええ、もうじき、彼が、迎えに来てくれるんですよ」

「小万ちゃんが、心配していますよ。本当に、心配しています。彼女、本気で君に惚れているんだ。それでも、役者遊びが好きで、出かけるんですか？」

「ええ、京都に来てからずっと、遊びの勉強をしてきました。勉強するというのは、おかしいかな。最初に、お茶屋遊びをして、それから、お茶も一応やりました。今は、最後の遊びだという、役者遊びをしているんです。これで、たぶん、僕の遊びの修業は、終わりだと思いますね。だから、今、楽しくて、しょうがないですよ」

「本当に楽しいの？　それが、私には、わからないんだけど」

十津川が、しつこく、きいた。

「そうですね。何といったらいいのかな。内蔵助《くらのすけ》の心境かな。歌舞伎でいう大星《おおぼし》由良《ゆら》之助《のすけ》の心境ですよ」

「意味がよくわからないんだが」

「ああ、孝太郎が来たようですから、これで、失礼します」

と、いって、平松は、電話を切った。

平松が、ドアを開けると、今日は、和服姿の市村孝太郎が、立っていた。

羽織袴の正装で、

「少し遅くなりました。すぐ、行きましょうか？」

せかせるように、いう。

外には、ハイヤーを待たせてあった。乗り込むと、ゆっくりと動き出した。

「今日は、面白いところに、連れていってくれるそうだけど、どんなところかな？」

平松が、きいた。

「それは、秘密ですよ。究極の遊びといったらいいのか、それとも、これこそ本当の京都の遊びといったらいいか、まあ、そんなところです」

孝太郎は、思わせぶりな口調で、いった。

「東京には、まだ、帰らなくていいんですか？」

「京都で、お盆を終えてから、東京に帰ろうと思っています。京都のお盆こそが、本当のお盆だと、私は、いつも、思っているんですよ。だから、この時期の京都が、いちばん、好きなんです」

「東京だって、お盆があるじゃないですか？」

と、平松は、首をかしげて、きいた。

「しかし、東京のお盆は、本当のお盆じゃありません。格好だけは、お盆らしく、していますけどね。私は、お盆というのは、死んだ人間と、生きた人間が、交わる時だと思っているんですよ。京都では、それが、昔ながらの方法で、今も行われています。生きている人間が、本気で、この時期になると、亡くなった知り合いや、家族を呼ぶんです。そのしきたりが、とてつもなく、美しく見えるんです」

孝太郎は、妙に、神妙な口調で、いった。

「死んだ人間と、生きた人間が、交わる時ですか？」

「そうですよ。まだ、私は若年ですけど、なぜか、そんな行事に、憧れるんです。だから、どうしても、その時は、京都にいて、本物のお盆を過ごしたいのですよ」

と、孝太郎が、いった。

二人を乗せた、ハイヤーが着いたのは、例の、五条実篤の別邸だった。

「今日の遊びの舞台は、ここですか？」

と、平松が、きくと、

「そうなんです。五条先生がぜひ、〈平松さんを、誘ってきて欲しい。素晴らしいものを、お見せしたいから〉とおっしゃるので、お連れしました」

と、孝太郎が、いった。

平松は、広い客間に通された。そこには、五条実篤がいて、彼自身も、和服姿で、平松を迎えた。

五条の傍には、若い男たちが、これもすべて、和服姿で、控えている。

座敷の中央には、金屏風《びょうぶ》が、立てられ、それが舞台になっていた。

「今夜は、わざわざ、お出でいただいて、申し訳ない。ぜひ、あなたにお見せしたいものがありましてね」

五条が、丁寧に、いった。

案内してきた孝太郎は、いつの間にか、姿を消していた。

「今日の客は、僕だけですか？」

平松が、きくと、五条は、小さく、笑って、

「いや、あなたのほかに、もうお一人、ご招待していますよ」

「誰ですか？」

「あなたのよく知っている、あの小万ですよ」

「なぜ、彼女を、ここに、呼んだんですか？」

「実は、あなたが、市村孝太郎と一緒に、私の別邸に来ることを告げたら、彼女も、ぜひ、ここに来たいというので、招待したんですよ。まもなく、着くはずです」

五条は、含み笑いをしながら、いった。
五、六分して、若い男に案内されて、小万が、入ってきた。そのまま、黙って、平松の横に座る。
「どうして、来たんだ？」

平松は、小万に、小声できいた。

「うちの、焼きもちどす」

小万が、ぶっきらぼうに、いった。明らかに、怒っている。

「嬉しいけど、今夜だけは、大人しくしていてくれよ。これから、何が始まるのか、わからないんだ」

平松は、かたい口調で、いった。

七十代の、地方《じかた》さんが出てきて、三味線の音を、合わせ始めた。舞台には、いつの間にか、着替えをすませた孝太郎が、現れた。美しい女の姿に、なっている。

孝太郎は、屏風の前に、座り直すと、ちょっとしなを作って、

「これから、『黒髪』を、踊らせていただきます」

と、いった。

三味線があって、孝太郎の、「黒髪」が始まった。

「黒髪」は、女の嫉妬を、題材にした踊りである。歌舞伎役者の孝太郎は、踊りの名手でもあるのだが、今夜の「黒髪」は、どこか凄艶《せいえん》で、見事だった。舞い終わると、孝太郎は、そのまま、舞台の裏に姿を消した。

その代わりに、和服姿の男たちが、平松と小万に、酒を勧めた。

「今夜は、あまり、女っ気がないんですね」

平松が、笑いながら、五条に向かっていうと、五条も、笑って、

「たまには、こういう遊びも、いいもんでしょう？　踊りと酒に、集中できる。今夜は、ゆっくりと、酒を酌み交わしながら、あんたと、話がしたくてね」

「どんな話でしょうか？」

「私はね、君のしていることが、よくわからなかった。何とかして、わかろうと、君のこ

とを、いろいろと、調べてみた」

「僕のしていることが、わからないなんて、不思議ですね。僕は、東京の金持ちのボンボンで、本当の遊びを、知りたくて、京都にやってきた。楽しく、一年間、京都で遊ばせて頂いたら、東京に帰ります。まあそれだけの人間です。他に、何にも、ありませんよ」

「いや、そんなことはない。ただの遊びで、一年間も、大金を使って、遊び続ける。まあ、京都には、いるかも知れないが、世知辛《せちがら》い東京に、そんな、バカな遊び方をする人間が、いるとは、思えない」

「それで、どういう結論に、なったんですか？」

「まあ、酒を飲みながら、ゆっくり、きいてくれないか。結局、分からなかったんだよ。そのうちに、まあ、わからなくても、構わない、そう思うようになった。それに、これは関係ないんだが、京都のお盆というのは、生きている人間が、死んだ人間を、迎える時でね。それを、私は、こんなふうに思っている。逆に、死んだ人間が、生きている人間を、迎えに来る時じゃないか。そうなっても、おかしくないんじゃないか。何といったって、ここは京都なんだからね」

と、五条が、いった。

「面白い話ですが、孝太郎さんは、どうしたんですか？」

「もう帰ってもらった。地方さんも一緒だ。だから、この席には、私と君と、小万の三人しかいない」

「それで、どういう話を、するわけですか？　孝太郎さんの話では、ここで、究極の遊びを、教えてくださるということでしたが、いくら、周りを、見回しても、それらしい、道具立てもありませんが」

「今、それを、君たちに見せてあげたい」

五条は、若者の一人に、合図をした。

屈強な二人の男が、大きな、木の箱を運んで来て、座敷の中央に置いた。

その木の箱の表には「奉納」と書かれてあった。

「今夜、これをぜひ、君に見せようと思ってね」

五条が、楽しそうに、いった。

「何か、人形ですか？」

「まあ、人形といえば、人形なんだ」

五条が、いい、二人の若者が、その箱の扉を開いた。

中から現れたのは、高さ一メートルあまりの石像だった。若い男の石像である。

大きな顔をしていて、その顔が、笑っている。楽しそうに、口を開けて、笑っている。

ユーモラスな石像だった。

右手で、女性を抱いているのだが、その女性の顔は、どこか、小万に似ていた。

そういえば、口を大きく開けて、バカ笑いしているような男の顔は、平松に、似ている。

「どうやら、これは、僕みたいですね」

平松が、笑いながら、五条に、いった。

「そうだよ。これは、君の石像なんだ。羅漢さんと、いったほうがいいかな。京都の西の化野《あだしの》に、愛宕《おたぎ》念仏寺というのがあるのを知っているかね？」

「一度行ったことがありますよ。清滝のそばにある、お寺でしょう？　あそこには、現代的な、ユーモラスな石像が、いっぱい、信者から、寄進されていますね。顔の大きな石仏、羅漢さんというのかな。なかなか、壮観でしたよ。そこにある、僕と小万の羅漢も、あの愛宕念仏寺に、寄進するんですか？」

と、平松が、きいた。

「そうしようと、私は、思っている。京都には、この羅漢さんを彫る、名人がいてね。その人に、彫ってもらった。明日は地蔵盆だから、その時に、この羅漢さんを、愛宕念仏寺に、寄進しようと思ってね。明日の晩は、近くの化野念仏寺で、有名な千灯《せんとう》供養《くよう》がある。私は、愛宕念仏寺でも千灯供養をやろうと思っているんだよ。幸い、賛同してくれる人がいるので、明日の晩、愛宕念仏寺でも、羅漢さんを前にして、千灯供養をしようと思っている。それに間に合わせることができた」

五条が、楽しそうに、いった。

「どうして、僕と小万の、羅漢さんを、作ったんですか？」

なぜか、平松の顔は、笑っていなかった。

「いや、君たちだけの羅漢さんを作ったんじゃない。私はね、死者を弔うのが、好きなんだよ。以前、私とケンカをして、死んでしまった、弁護士がいた。その人の羅漢さんも作って、愛宕念仏寺に、寄進してある。ほかにも、私に関係して、死んでしまった人たちの魂を、供養しようと思って、精魂込めた、こうした羅漢さんを作って寄進しているんだ。これもまあ、京都の遊びの一つといおうか、楽しさの一つだ。そう思いませんか？」

「うちはまだ、死んでしまへんえ」

小万が、抗議するように、いった。

五条は、また笑って、

「生きているうちに、羅漢さんになるのもいいもんだよ。それに、寄進する前に、君たちが死ねば、本当の供養になる」

「うちらを、殺すんどすか？」

「そう、面と向かっていわれると、困るね。私はね、君には、別に、何の恨みもない。ただ、平松君、君には、困ってしまっていたんだ。先ほども、いったとおり、どうしても、君の正体が、つかめなかった。東京の、アパレルメーカーのボンボンが、京都に、一年間遊びに来た。そんな戯言《ざれごと》なんか、私は信じなかった。しかし、何をしに来たのかが、どうしても、わからなかった。たぶん、私のことを、調べに来たのだろうとは、思ったが、どうにも、君の本心がわからなくてね。いろいろと、悩んだが、まあ、この際、君が死んでくれたら、それで、安心できる。そう決めたんだ。それで、こうして、君と小万の、羅漢さんを彫った。君たちは心中する、それも、美しく心中するんだ。東京の金持ちの息子と、京都の、美しい芸妓が、結ばれぬ恋に悩んで死ぬ。幸い、愛宕念仏寺のあたりは、昔、死者が弔われた化野の近くだ。若者が心中するには、もってこいの、場所なんだ。その死を悼んで、私が、君たちの羅漢さんを彫って、愛宕念仏寺に寄進し、明日はあの寺で、初めて千灯供養が行われる。これ以上の美しさはないだろう。心中は、ある意味で最高の遊びなんだ。私は、そう思っているんだがね」

「何を、そんなに怖がっているんですか？」

と、平松が、きいた。

「私が、怖がっている？」

「そうです。怖いから、僕を小万と一緒に、殺そうとするんでしょう？　だから、何を怖がっているのかを、きいているんです」

「君の父親は、アパレルメーカーの社長だ。彼は、巨大な資本と近代技術で、京都の伝統と技術を盗み取ろうとしている。京都の西陣を取り込んで、自分たちの、意のままにしたいと、思っている。西陣の旦那衆の中には、現在の経営が苦しいので、君の父親の、アパレルメーカーに、ヒザを屈してもいい。今までの西陣のようにではなくて、大量生産する西陣にしても、いい、そう考えるバカな人間も、いるんだ。君の父親は、秘書を、この京都に送り込んできた。それも、事務的に西陣と話し合うのではなくて、巧みに、遊びを通じて、西陣の旦那衆に、食い込もうとしていた。私はね、この京都が、好きなんだ。京都を、今の汚れた日本から独立させたい、そのくらいに、思っているほど、好きなんだ。京都の西陣も、京都のお茶も、京都の生け花も、そして、京都のお茶屋文化もね。京都は、決して東京には、屈してはいけない。それが、私の信念でね。京都に進出してくる東京の資本には、断固とした戦いをしようと、決心している。だから、私には、君の父親の計画が、どうしても、許せなかった」

「それで、僕のオヤジのやっている、アパレルメーカーが招待した、都をどり見物の客に、毒を、盛ったりしたんですか？」

平松が、五条を見すえて、きいた。

「あれは、私がやったことじゃない」

「しかし、あなたの意を受けた、誰かがやったんだ。そうなんでしょう？　あなた以外の人間が、何の関係もない観光客に、毒を盛ったりするはずはない」

「まあ、私の部下が、勝手に、私の意を汲《く》んで、やったのかも知れない。しかし、もう終わったことだ」

「じゃあ、私の父が、京都に寄越した秘書も、あなたは、殺してしまったんですか？」

「それは、明日、愛宕念仏寺に行けば、わかるが、そうか、君たちは、行けないんだ。残念だな」

五条が、笑う。

平松が、さらに、きいた。

「祇園祭の宵山に、十津川さんを、後ろから刺したのも、あなたの指示ですか？」

「あの刑事さんか。あの刑事さんは、どうにも、うるさい人でね。いや、殺すつもりは、まったくなかったよ。警察を敵に回すと、何かとうるさいからね。だから、警告の意味で、ちょっと、脅かしただけだ。それだって、私の部下が、やったことでね。幸い、治ったようだから、そのまま黙って、東京に、帰ってくれれば、それでいい。私は、そう思っている。もともと私は、ケンカが嫌いなんだ。ただひたすら、京都のことが好きでね。京都の文化を守りたいだけ、それだけしか、私は考えていないんだよ」

と、五条は、いった。

「ケンカが嫌いやのに、どうして、うちらを殺そうと、しやはるんどすか？」

小万が、眉をつり上げて、五条を睨んだ。

「いや、五条先生は、僕たちを、黙って帰してくれるよ」

平松が、微笑して、いった。

「残念ながら、それはできないね。こうして、君たちの羅漢さんまで、作ってしまったんだ。君たちは、私の頭の中では、もう、死んでいるんだよ」

五条は、そういってから、懐から、拳銃を取り出して、銃口を、平松に向けた。

「断っておくが、私は、これでも、拳銃の名手でね。狙った獲物は、絶対に外さないよ。話にきくと、君は、力もあるし、敏捷《びんしょう》らしい。何しろ、君の大学は、全国大会にも出たことのあるラグビーの強豪だし、君は、そのラグビー部で、活躍していた人間だそうだからね。しかし、悲しいかな、君が、いくら敏捷に動いても、この弾丸《たま》より、速くは動けない。それに、君と私との間には、七メートルの距離がある。君が飛びかかってこられる距離ではない。そして、この拳銃はね、七、八メートルで、いちばん威力を発揮するんだ」

しかし、平松は、拳銃を前にしても、平気な顔で、

「拳銃を持った人に、飛びかかったりなど、しませんよ。しかし、僕と小万を、殺したら、かえって、あなたは、困るんじゃありませんか？　それも、拳銃で殺したりしたら、あとの説明がつかなくなる。僕は、拳銃を、持っていないし、小万だって、持っていない。その二人が、拳銃で心中したりしたら、おかしいじゃありませんか？」

「確かに、おかしいが、しかし、そこは、どうにでも、なるんだよ。君はどうも、私という人間の力が、わかっていないようだね。私が黒だといえば、白いものも、黒になってしまう。そういうことも、あるんだ。そこがまた、京都という町の、摩訶《まか》不思議なところで

ね。京都の人たちというのは、理屈では、判断しないんだよ。まあ、京都の人間だけではなくて、人間そのものが、理屈で、納得しようとしないで、観念で、納得してしまうものなんだ。だから、君たち二人が、拳銃で、心中しても、その心中が、あまりに美しければ、みんなが、納得してしまう。それに、君たちが、拳銃をどうやって、手に入れたのか、それは私が証言して、みんなを納得させるよ」

五条は、相変わらず、笑いながら、楽しそうに、いった。

「なるほど。五条先生らしい説明ですね。感心しましたよ、確かに、人間というものは、理屈では納得しない。観念で納得する。その通りですね」

平松は、いってから、今度は、小万に目をやって、

「どうも、僕たちは、このまま一緒に、死ぬことになったらしい。その前に、楽しく飲もうじゃないか。君が、酌をしてくれ」

「うちは、そんなことをしている場合やないと思いますけど」

「そんなに、怒ったって、仕方がないんだ。五条先生の手には、拳銃があるし、僕がいくら抵抗しても、弾丸には、かなわないよ。だから、ここは、きっぱりと諦《あきら》めて、少しばかり時間をもらって、飲もうじゃないか」

「何を、そんな呑気なことを、ゆうてはるんどすか」

「死に際だからね。少しは、のんびりと、楽しもうじゃないか。とにかく、酌をして欲し

いね」

平松は、杯を、小万に差し出した。

仕方なく、小万は、酒を注いだが、興奮しているのか、それとも、恐怖のためなのか、カチカチと、徳利《とっくり》と杯が、音を立ててしまっている。

平松は、微笑して、

「こんなことで、ビクつくなんて、小万らしくないじゃないか」

「怖いのと違います。怒ってるんどす」

と、小万は、いった。

「とにかく、もう一杯」

と、いって、平松は、杯を、もう一度差し出し、なみなみと注がれた、酒に向かって、

「いい色だな。さすがに、京都の伏見の酒だね」

と、いいながら、ふいに、その杯を、五条実篤に向かって、投げつけた。

はッとして、五条が避ける。

その隙《すき》に、平松は、目の前の小万を、突き飛ばしておいて、空になっている徳利を二、三本手に持った。それを、五条を狙って投げつけた。

投げつけながら、身を躍らせて、近くにいた若い男に、飛びかかった。

あわてて、五条が、銃口を向ける。

その時には、平松は、もう、若い男の腕を、押さえて、その体を、五条に向けていた。

「その男を離さないと、小万を撃つぞ！」

五条が、大声で、叫んだ。

平松は、捕まえている若い男の体を、抱えるようにして、思い切り、五条に向かって、投げつけた。

悲鳴を上げながら、若い男の体が、五条にぶつかっていった。

かろうじて、五条が、避けたところに、今度は、平松自身が体当たりした。体と体が、ぶつかり、五条実篤が、吹き飛ばされた。

手に持っていたリボルバーが、金屛風に向かって、飛んでいった。

金屛風が、倒れる。

平松は、手を伸ばして、倒れている五条の腕をつかんだ。

見る見る、五条の顔が、青ざめていく。

「止めろ！　腕が折れるぞ！」

と、五条が、悲鳴をあげた。

「少しばかり、力を入れすぎてしまったかな」

平松は、苦笑し、五条の体を押さえつけておいて、小万に、

「警察に電話をしてくれ！　できたら、十津川警部を呼ぶんだ！」

と、いった。

小万が、あわてて、携帯を取り出した。

その時、玄関の方が騒がしくなり、

「平松君、いるか！」

という大きな声が、きこえた。

十津川の声だった。

平松は、つい笑ってしまい、

「少しばかり、早すぎるな」

と、呟《つぶや》いた。

十津川警部が、京都府警の刑事たちと一緒に、部屋に飛び込んできた。

「大丈夫ですか？」

と、平松にきく。

「大丈夫ですが、どうして、十津川さんは、ここにきたんですか？」

平松は、押さえていた五条を離して、十津川に、きいた。

「君は電話で、最後にいったじゃないか、大石内蔵助の心境だって。大石内蔵助といえば、自分の本心を、隠して京都のお茶屋一力で遊んで、周囲の目を、誤魔化し、ついには、討ち入りを遂げた。そんなことを考えてね、それで、かえって、これは、危ないと思ったんだ」

　と、十津川は、いった。

「今、五条先生が、いろいろと、話をしてくれたところなんですよ。オヤジの秘書で、十津川さんの探していた、北村さんも、それから、五条先生と仲のよかった葛西弁護士も、どちらも、五条先生が、殺してしまった。そんな話を、していました。その後は、警察が、直接、五条先生から話をきいてください」

　と、平松が、いった。

「北村さんは、やっぱり、死んでいたんですか？」

「そうです。まだ、五条先生が直接手を下したかどうかはわかりませんが、もう死んでいるようなことをいっていましたよ。その北村さんや、弁護士さんの霊を弔って、明日、愛宕念仏寺で、千灯供養をするそうです」

「そこに転がっている、石像というか、石仏は、何なんです？　何だか、君によく似ているし、小万ちゃんらしい可愛らしい、女の像を抱いているけど」

　十津川は、笑いながら、きいた。

「そんなによく、僕に、似ていますかね？　口を開けて、アホ面をしているところが、似ているのかな？」

　と、平松が、笑った。

翌八月二十三日の夕方、平松と小万は、十津川警部と一緒に、愛宕念仏寺に、出かけていった。

今日は、地蔵盆の夜である。

愛宕念仏寺の手前の化野念仏寺の千灯供養は有名で、何千本ものろうそくが、点《とも》されて、人々が亡き人の、供養をする。それと同じ千灯供養が、愛宕念仏寺でも、行われることになっていた。

何しろ、京都で、怪物といわれた五条実篤が計画し、その手配をした千灯供養である。彼と、その部下の若い男たちは、京都府警に、捕まってしまったが、それでも、五条実篤の決めたことは、きちんと、行われるらしい。

三人が着いた時は、境内は、まだ明るく、ズラリと並ぶ、石仏を、ゆっくりと見ていった。笑っている石像があり、怒っている石像があり、また、泣いている石像もあった。どの像も、個性の強い、羅漢さんたちである。

「ああ、ここにあった」

十津川が、叫ぶようにして、立ち止まった。

そこには、老人のような、羅漢さんがあった。目を閉じて、何かを祈っているような、羅漢さんである。

「これは、間違いなく、北村真さんの羅漢さんだ」

　と、十津川が、いった。

「きっと、あの五条実篤が、お気に入りの職人に彫らせて作ったものでしょうね。殺しておいて、彼は、その霊を、弔っていたんだ」

「そういえば、あの市村孝太郎がいっていましたよ」

　十津川が、いった。

「彼、何をいっていたんですか？」

「あなたと同じように、北村真も、五条実篤に頼まれて、最後の夜に、五条の家に、連れていったそうです。その後のことは、知らないが、自分が、殺してしまったようなものだ、そういって、彼は、泣いていましたね」

「どうして、孝太郎のような役者が、五条実篤のいうことをきいていたんでしょうか？」

　平松が、不思議そうに、きいた。

「彼は、こういっていましたね。五条実篤に睨まれると、京都の南座では、公演ができなくなる。いや、それだけではなく、関西歌舞伎と東京の歌舞伎との合同公演が、できなくなる。それが、怖かったんだと、そういっていましたよ」

　十津川が、いった。

「あの五条実篤という男は、そんな大きな力を持っているんですか？」

「それが、どうやら持っているらしい。私も東京の人間だから、京都のことは、よくわからないんだが」

「うちは、京都の人間やさかい、よう知ってます。誰もが、あの五条先生を、怖がってはりますえ」

小万が、いった。

いちばん奥に、平松と小万の、羅漢さんがあった。

「寄進することに、同意したんですか？　嫌がっていると思ったのに」

十津川は、不思議そうに、きく。

平松は、微笑して、

「よく見たら、なかなか、うまくできているんですよ。最初見た時は、ちょっと、バカ面に見えたので、腹が、立ちましたがね。よくよく見ると、ユーモラスで面白い。それに、いかにも、抱いている小万に、参ってしまって、だらしがなく、見えるじゃありませんか。その感じがなかなかいいんですよ。それで、気に入った。また、これは、僕が、京都で遊んだ記念みたいなものですからね」

と、いった。

「小万ちゃんは、気に入ってるの？」

と、十津川が、きく。

「うちも、気に入ってます」

小万が、答える。

「しかし、まだ、君たちは、生きているんだから、変な気持ちには、ならないのか？」

十津川が、二人にきいた。

「ならしまへん。生きていて、お葬式をあげる人も、いやはります。そのことを、考えれば、うちと平松はんの、羅漢さんができたら、きっと長生きできる、そう思たんどす」

と、小万は、嬉しそうに、いった。

「平松君は、これから、どうするんですか？　東京に帰りますか？」

十津川が、きいた。

「それを考えていたんですが、オヤジは、一年間、遊んでこいといいましたからね。まだあと、半年以上ある。幸い、やっと、遊びの楽しさを覚えたところだから、これからも、祇園のお茶屋で、ゆっくりと、遊びますよ」

と、平松は、いった。

その後で、平松は、

「五条実篤の訊問《じんもん》は、どうなりましたか？　何か、収穫は、ありましたか？」

と、十津川に、きいた。

「調べても、あの男の話は、よくわかりませんね。とにかく、彼は、京都が好きで、京都を愛していた。だから、京都を侵略する者は、許せなかった、そういうばかりでね。たぶん、あなたのお父さんのやっている、アパレルメーカーの大量生産の技術が、京都に入ってきて、西陣の文化が、壊れるのが怖かった。そうとしか、考えられませんね」

「しかし、西陣の旦那衆の中には、新しい大量生産の技術が、あれば、かえって、西陣の伝統が、生きてくるし、新しい西陣の伝統を、作ることもできる。そういってくれている人もいるんですがね」

「私も、それは、ききましたよ。だから、これから、西陣と、あなたのお父さんの会社が、提携するようなことが、あるんじゃありませんか？　そうなれば、亡くなった人たちも、浮かばれるんじゃないかな？　葛西弁護士も、あなたのお父さんの会社と、西陣の間で、動いていたのかも知れませんね」

と、十津川は、いった。

日が暮れて、愛宕念仏寺の境内でも、千灯供養が始まった。広い境内に並ぶ、石仏の前に、一つ一つろうそくが点されて、それが、みるみる炎の海になっていく。

「正直にいいますとね、私は、京都で遊ぶのが少しばかり苦痛だったんですよ。どうやら、生まれつき、遊びには、向かないらしい。しかし、こうやって、愛宕念仏寺の境内に夜が来て、ろうそくが、一斉に点ると、素晴らしいものだと、思いますよ。これだけは、いくら見ていても苦にはならない」

と、十津川は、いったあとで、

「平松さんは、本当は、何しに京都に来たんですか？」

と、きいた。

「うちも、知りとうおす」

小万も、真剣に、平松にきく。

「困ったな。遊びを楽しんでいるのに、そんな風に、まともに質問するのは、ヤボというものじゃありませんか」

と、平松は、笑った。

「今夜も、お茶屋で、楽しく、遊びたいな」


（了）

この作品はフィクションであり、作中に登場する人物、団体、会社名、場所等は、実在のものと関係ありません。

本書は二〇〇七年一二月に刊行された中公文庫『京都感情案内（下）』の新装・改版です。

中公文庫

京《きょう》都《と》感情《かんじょう》案内《あんない》（下《げ》）
——新装版《しんそうばん》

2007年12月20日　初版発行
2022年 5 月25日　改版発行

著　者　西村《にしむら》京《きょう》太《た》郎《ろう》

発行者　松 田 陽 三

発行所　中央公論新社
〒100-8152　東京都千代田区大手町1-7-1
電話　販売 03-5299-1730　編集 03-5299-1890
URL https://www.chuko.co.jp/

ＤＴＰ　ハンズ・ミケ
印　刷　三晃印刷
製　本　小泉製本

Published by CHUOKORON-SHINSHA, INC.
Printed in Japan　ISBN978-4-12-207210-7 C1193

あ-79-2
高座のホームズ 昭和稲荷町らくご探偵　愛川　晶
昭和五〇年代、稲荷町の落語長屋。噺家連中が持ち込む謎の数々を解き明かすのは、八代目林家正蔵（のちの彦六）⁉　名人の推理が光る洒脱な落語ミステリー。
206558-1

あ-79-3
黄金餅《こがねもち》殺人事件 昭和稲荷町らくご探偵　愛川　晶
古典落語の名作「黄金餅」を彷彿とさせる怪事件が雪の東京で発生した！　落語界の大看板にして名探偵・八代目林家正蔵が謎に挑む痛快落語ミステリー第二弾！
206645-8

あ-79-4
道具屋殺人事件 神田紅梅亭寄席物帳　愛川　晶
真打ちを目指し、日々修業に励む二つ目・寿笑亭福の助の周辺で次々と謎の怪事件が勃発！　〝落語ミステリ〟の異才が放つ珠玉の三編。〈解説〉宇田川拓也
206722-6

あ-79-5
高座のホームズみたび 昭和稲荷町らくご探偵　愛川　晶
「犬の目」を口演中の二つ目・佃家花蔵が酔客に左眼を殴打され、次いで花蔵の兄弟子・傳朝が暴漢に襲われる。八代目林家正蔵の推理は⁉〈解説〉西上心太
206775-2

あ-79-6
芝浜謎噺 神田紅梅亭寄席物帳　愛川　晶
二つ目・寿笑亭福の助の元弟子が『芝浜』の稽古をつけてほしいと泣きついてきた。口演が難しい人情噺に拘るのには深い事情が。異色の落語ミステリ三篇。
206808-7

あ-79-7
芝浜の天女 高座のホームズ　愛川　晶
天女のように美しい妻の秘密とは？　女に金に、芸の道に悩める噺家たちが今日も探偵・林家正蔵の長屋へやってくる。落語ミステリー第四弾。〈解説〉広瀬和生
206903-9

い-74-10
i《アイ》 鏡に消えた殺人者 警視庁捜査一課・貴島柊志　今邑　彩
新人作家の殺害現場には、鏡に向かって消える足跡の血痕が。遺された原稿には、「鏡」にまつわる作家自身の恐怖が自伝的小説として書かれていた。傑作本格ミステリー。
205408-0

い-74-11
「裏窓」殺人事件 警視庁捜査一課・貴島柊志　今邑　彩
自殺と見えた墜落死には、「裏窓」からの目撃者が。少女に迫る魔の手……。衝撃の密室トリックに貴島刑事が挑む！　本格推理＋怪奇の傑作シリーズ第二作。
205437-0

各書目の下段の数字はISBNコードです。978－4－12が省略してあります。

い-74-12
「死霊」殺人事件　警視庁捜査一課・貴島柊志
今邑彩
妻の殺害を巧妙にたくらむ男。その計画通りの方法で死体が発見されるが、現場には妻のほか、二人の男の死体があった。不可解な殺人に貴島刑事が挑む。
205463-9

い-74-13
繭の密室　警視庁捜査一課・貴島柊志
今邑彩
マンションでの不可解な転落死を捜査する貴島は、六年前の事件に辿り着く。一方の女子大生誘拐事件の行方は？　傑作本格シリーズ第四作。〈解説〉西上心太
205491-2

い-74-14
卍《まんじ》の殺人
今邑彩
二つの家族が分かれて暮らす異形の館。恋人とともに訪れたこの家で次々に怪死事件が。謎にみちた邸がおこす惨劇は、思いがけない展開をみせる！　著者デビュー作。
205547-6

い-74-15
盗まれて
今邑彩
あるはずもない桜に興奮する、死の直前の兄の電話。十五年前のクラスメイトからの過去を弾劾する手紙——ミステリーはいつも手紙や電話で幕を開ける。
205575-9

い-74-16
ブラディ・ローズ
今邑彩
薔薇園を持つ邸の主人と結婚した花梨。彼の二番目の妻は墜落死を遂げたばかりだった——。花嫁に届く脅迫状の差出人は何者なのか？　傑作サスペンス。
205617-6

い-74-17
時鐘《とけい》館の殺人
今邑彩
ミステリーマニアの集まる下宿屋・時鐘館。姿を消した老推理作家が、雪だるまの中から死体となって発見された。犯人は編集者か、それとも？　傑作短篇集。
205639-8

い-74-18
赤いべべ着せよ…
今邑彩
「鬼女伝説」が残る町で、幼い少女が殺され、古井戸から発見された。二十年前に起きた事件と、まったく同じ状況で……。戦慄の長篇サスペンス。
205666-4

い-74-19
鋏《はさみ》の記憶
今邑彩
物に触れると所有者の記憶を感知できる、「サイコメトリー」能力を持った女子高生の桐生紫は、未解決事件の捜査を手助けすることに……。傑作ミステリー連作集。
205697-8

い-74-20

金雀枝《えにしだ》荘の殺人

今邑　彩

完全に封印され「密室」となった館で起こった一族六人殺しの犯人は、いったい誰か？　推理合戦が繰り広げられる館ものミステリの傑作、待望の復刊。

205847-7

い-74-21

人影花

今邑　彩

見知らぬ女性からの留守電、真実を告げる椿の花、不穏な野鳥の声……日常が暗転し、足元に死の陥穽が開く。文庫オリジナル短篇集。〈解説〉日下三蔵

206005-0

い-74-5

つきまとわれて

今邑　彩

別れたつもりでも、細い糸が繋がっている。ハイミスの姉が結婚をためらう理由は別れた男からの嫌がらせだった。表題作の他八篇の短篇集。〈解説〉千街晶之

204654-2

い-74-6

ルームメイト

今邑　彩

失踪したルームメイトを追ううち、二重、三重生活を知る春海。彼女は、名前、化粧、嗜好までも変えて暮らしていた。呆然とする春海の前にルームメイトの死体が？

204679-5

い-74-7

そして誰もいなくなる

今邑　彩

名門女子校演劇部によるクリスティー劇の上演中、連続殺人は幕を開けた。台本通りの順序と手段で殺される部員たち。真犯人はどこに？　戦慄の本格ミステリー。

205261-1

い-74-8

少女Aの殺人

今邑　彩

深夜の人気ラジオで読まれた手紙は、ある少女が養父からの性的虐待を訴えたものだった。その直後、三人の該当者のうちひとりの養父が刺殺され……。

205338-0

い-74-9

七人の中にいる

今邑　彩

ペンションオーナーの晶子のもとに、二一年前に起きた医者一家虐殺事件の復讐予告が届く。常連客のなかに殺人者が⁉　家族を守ることはできるのか。

205364-9

こ-24-7

エリカ

小池真理子

急逝した親友の不倫相手と飲んだのをきっかけに、エリカは、彼との恋愛にのめりこんでいく。逢瀬を重ねていった先には何が……。現代の愛の不毛に迫る長篇。

204958-1

各書目の下段の数字はISBNコードです。978-4-12が省略してあります。

こ-24-8
ストロベリー・フィールズ　小池真理子
平穏な家庭を営む夏子の前に現れた青年。その危険なまでの若さに触れ、彼女は目を背けてきた渇きに気づく。一人の女性の陶酔と孤独を描く傑作長篇。〈解説〉稲葉真弓
205613-8

こ-40-19
任俠学園　今野　敏
「生徒はみな舎弟だ！」荒廃した私立高校を「任俠」で再建すべく、人情味あふれるヤクザたちが奔走する！「任俠」シリーズ第二弾。〈解説〉西上心太
205584-1

こ-40-22
任俠病院　今野　敏
今度の舞台は病院⁉ 世のため人のため、阿岐本雄蔵率いる阿岐本組が、病院の再建に手を出した。大人気「任俠」シリーズ第三弾。〈解説〉関口苑生
206166-8

こ-40-23
任俠書房　今野　敏
日村が代貸を務める阿岐本組は今時珍しく任俠道を弁えたヤクザ。その組長が、倒産寸前の出版社経営を引き受け……。『とせい』改題。「任俠」シリーズ第一弾。
206174-3

こ-40-38
任俠浴場　今野　敏
こんな時代に銭湯を立て直す⁉ 頭を抱える日村に突然、阿岐本が「みんなで道後温泉に行こう」と言い出し……。「任俠」シリーズ第四弾！〈解説〉関口苑生
207029-5

こ-40-24
新装版　触　発　警視庁捜査一課・碓氷弘一1　今野　敏
朝八時、霞ヶ関駅で爆弾テロが発生、死傷者三百名を超える大惨事に！ 内閣危機管理対策室は、捜査本部に一人の男を送り込んだ。「碓氷弘一」シリーズ第一弾、新装改版。
206254-2

こ-40-25
新装版　アキハバラ　警視庁捜査一課・碓氷弘一2　今野　敏
秋葉原を舞台にオタク、警視庁、マフィア、中近東のスパイまでが入り乱れるアクション&パニック小説。「碓氷弘一」シリーズ第二弾、待望の新装改版！
206255-9

こ-40-26
新装版　パラレル　警視庁捜査一課・碓氷弘一3　今野　敏
首都圏内で非行少年が次々に殺された。いずれの犯行も瞬時に行われ、被害者は三人組で、外傷は全くないという共通項が。「碓氷弘一」シリーズ第三弾、待望の新装改版。
206256-6

こ-40-20
エチュード　警視庁捜査一課・碓氷弘一4　今野　敏
連続通り魔殺人事件で誤認逮捕が繰り返され、捜査は大混乱。ベテラン警部補・碓氷と美人心理調査官・藤森のコンビが真相に挑む。「碓氷弘一」シリーズ第四弾。
205884-2

こ-40-21
ペトロ　警視庁捜査一課・碓氷弘一5　今野　敏
考古学教授の妻と弟子が殺され、現場には謎めいた古代文字が残されていた。碓氷警部補は外国人研究者を相棒に真相を追う。「碓氷弘一」シリーズ第五弾。
206061-6

こ-40-33
マインド　警視庁捜査一課・碓氷弘一6　今野　敏
殺人、自殺、性犯罪……。ゴールデンウィーク最後の夜に起こった七件の事件を繋ぐ意外な糸とは？　藤森紗英も再登場！　大人気シリーズ第六弾。
206581-9

た-81-5
テミスの求刑　大門剛明
監視カメラがとらえた敏腕検事の姿。手には大型ナイフ、血まみれの着衣。無実を訴えて口を閉ざした彼に下る審判とは？　傑作法廷ミステリーついに文庫化。
206441-6

た-81-6
両刃《りょうじん》の斧《おの》　大門剛明
未解決殺人事件の犯人が殺された。容疑者は十五年前に娘を殺された元刑事。事件の裏に隠されたあまりに悲しい真実とは。慟哭のミステリー。文庫書き下ろし。
206697-7

や-53-1
もぐら　矢月秀作
こいつの強さは規格外——。警視庁組織犯罪対策部を辞し、ただ一人悪に立ち向かう「もぐら」こと影野竜司。最凶に危険な男が暴れる、長編ハード・アクション。
205626-8

や-53-2
もぐら　讐　矢月秀作
警視庁に聖戦布告！　影野竜司が服役する刑務所が爆破され、獄中で目覚める〝もぐら〟の本性——超法規的、過激な男たちが暴れ回る、長編ハード・アクション第二弾！
205655-8

や-53-3
もぐら　乱　矢月秀作
女神よりも美しく、軍隊よりも強い——次なる敵は、中国の暗殺団・三美神。影野竜司が新設された警視庁特務班とともに暴れ回る、長編ハード・アクション第三弾。
205679-4

各書目の下段の数字はISBNコードです。978-4-12が省略してあります。

や-53-4
もぐら 醒
矢月秀作
死ぬほど楽しい殺人ゲーム——姿なき主宰者の目的は、復讐か、それとも快楽か。凶行を繰り返す敵との、超法規的な闘いが始まる。シリーズ第四弾！
205704-3

や-53-5
もぐら 闘
矢月秀作
新宿の高層ビルで発生した爆破事件。爆心部にいた被害者は、iPS細胞の研究員だった。新細胞開発に蠢く闇に迫る！　シリーズ第五弾。
205731-9

や-53-6
もぐら 戒
矢月秀作
首都崩壊の危機！　竜司の恋人は爆弾とともに巻き付けられ、警視庁にはロケット弾が打ち込まれた。国家を、そして愛する者を救え——シリーズ第六弾。
205755-5

や-53-7
もぐら 凱（上）
矢月秀作
勝ち残った奴が人類最強——。首都騒乱の同時多発テロから一年。さらに戦闘力をアップしたシリーズ史上最強の敵が襲いかかる！　〝もぐら〟最後の闘い。
205854-5

や-53-8
もぐら 凱（下）
矢月秀作
勝利か、死か——。戦友たちが次々に倒されるなか、遂に〝もぐら〟が東京上陸。日本全土を恐慌に陥れる謎の軍団との最終決戦へ！　野獣の伝説、ここに完結。
205855-2

や-53-15
もぐら新章 血脈
矢月秀作
新たなる「もぐら」伝説！　人類最強を決める壮絶な闘いの末、伝説は終わりを告げた……はずだった。今、最後の地沖縄であの伝説が蘇る。文庫オリジナル。
206718-9

や-53-16
もぐら新章 波濤
矢月秀作
もぐら・影野竜司の血を引く竜星。沖縄開発の裏で暗躍する組織と、二十年ぶりに島に現れた伝説の武闘派ヤクザ——新たな戦いの中で竜星は未来を模索する！
206862-9

や-53-17
もぐら新章 青嵐
矢月秀作
コロナ禍に沈む沖縄で拳を振るうボクサー崩れの城間尚亮。渡久地巌に心酔する城間の暴走が、もぐらの血を引く竜星の怒りを爆発させる。文庫オリジナル。
207051-6